Frank Jabroni
Nemico Pubblico N. 9

ALESSANDRO PACI

ALESSIO NONFANTI

Edito da Wizard Productions, Firenze

ISBN: 9788890733222

Ai miei genitori Tina e Gianni

Alessio Nonfanti

To Willow, Sabina & Matteo

Alessandro Paci

1

MOTORE...PARTITO...AZIONE!

Era una giornata come tante altre, afosa come tante altre. Firenze accaldata, da sotto, osservava silenziosa il suo bel Piazzale Michelangelo, dove le bancarelle, allestite a festa, erano in attesa della prima mandata mattutina di turisti assetati di foto, souvenir e di toilette.

Sul lato delle cinque paniere, straripanti dei colori delle loro pansé, stava accadendo qualcosa d'insolito. La pigra quotidianità estiva presto sarebbe stata sconvolta, almeno per qualche ora.

Un gruppo di grassi e sudati facchini sistemò alcune transenne mentre, da un camper vintage parcheggiato poco lontano, uscirono dei giovani abbigliati in modo appariscente. Tre ragazze indossavano dei vestitini succinti pieni di pailettes e lustrini con ai piedi dei lunghi stivali di pelle. I ragazzi invece portavano, con molta disinvoltura, tre smoking completi di luccicanti papillon.

Da una sedia poco lontana il frinio delle cicale fu interrotto da un grido: «Fai partire la musica!»

I turisti, oramai già sbarcati dai pullman, gli omini delle bancarelle e tutti i passanti ebbero un sussulto, non poterono far a meno di rivolgere lo sguardo a quello che sembrava un vero e proprio set cinematografico.

Le note di una musica jazz stile big band si diffusero in tutta l'area. I ragazzi, un corpo di ballo, iniziarono a eseguire una coreografia.

«E' un film?» chiese una signora appoggiata a una transenna.

«Uno spot» rispose il facchino.

«Allora non c'è nessuno di famoso o d'importante. Andiamo Billy!» aggiunse strattonando il guinzaglio del suo fedele amico che nel frattempo stava battezzando la transenna.

A fine musica un coreografo eccentrico nell'abbigliamento e nei movimenti, fece il suo ingresso in campo e si rivolse a Giada la prima ballerina. La faccia angelica e il fisico da top model contrastavano molto con la sua inettitudine: naturalmente bionda.

«Bravissima, bravissima sei stata stupenda, però il braccio sull'ultimo accento deve andare su così!» e alzando il braccio rivelò una maglietta totalmente intrisa del suo sudore ascellare. Giada allora si rivolse verso la telecamera estrasse improvvisamente come se fosse un'arma un flaconcino e poi scandì in modo fin troppo marcato la sua battuta «Problemi di sudorazione eccessiva? Hai mai provato "No Smell" ?»

«Dici che "No Smell"» riprese il coreografo calcando il nome dell'improbabile prodotto «puo' risolvere i miei problemi di sudorazione eccessiva?»

«Certo! Basta spruzzare "No Smell" sotto le…» ma la ballerina invece di dirigere il getto dello spray verso l'ascella commossa del coreografo lo diresse esattamente in direzione dei propri occhi. «Aaaa! Brucia» gridò Giada «Brucia !» «Stooop!» Dietro a un monitor, su una sedia da regista, un uomo sui quarant'anni iniziò ad agitarsi visibilmente.

Sullo schienale della sedia era impresso, in un nero sbiadito dal sole, il suo nome "Franco Giabroni". Continuando ad agitarsi in quello che a tratti sembrava una danza, si alzò e seguito dal suo aiuto raggiunse il set.

«Allora Giada, va bene non saper recitare del resto non sei un'attrice quindi, va bene anche non saper ballare e seguire esattamente la coreografia del resto, non sei una ballerina, ma almeno spruzzare un deodorante!»

L'aiuto regista, Massimo Tarelli, invece di stemperare gli animi, cercò subdolamente di incalzarlo ancora di più.

«Bravo Franco. Hai perfettamente ragione, fatti sentire!»

La povera Giada, non ballerina, non attrice rispose a modo suo «Se è per quello, non sono neanche una spruzzatrice!»

Franco a quel punto sbottò «Quindi cosa sei? Perché fai questo lavoro? Chi ti ha spinto a fare ciò? Ma sopratutto perché io sono qui, io dovrei essere a fare i film a Hollywood!»

«Tu… e anche tu» disse Giada puntando l'indice sui due «Siete dei mostri! Sei il peggior regista con cui io abbia mai lavorato e adesso sai cosa faccio? Vado da Bruce e gli dico di prendere un altro regista per girare lo spot!»

Gettato il flaconcino a terra Giada, si diresse con fare deciso e provocatorio verso una fiammante Ferrari parcheggiata vicino al camper.

Nell'auto sportiva e con la cappotta aperta, Bruce, il produttore dello spot, stava finendo una telefonata. Giada lo raggiunse e muovendo le dita tra loro con fare impaziente, lo guardò. Bruce si apprestò a chiudere la chiamata, lei lo guardò con uno sguardo tenerissimo, gli si avvicinò all'orecchio e gli confidò l'onta che aveva appena subìto.

Franco, che da lontano come impietrito seguì tutta la scena, disse al suo assistente:

«Eccoci, è tutto finito!»

«Ma non ti preoccupare Franco!» rispose Massimo «Qualsiasi cosa le stia dicendo non ti devi preoccupare, ci parlo io con Bruce e gli spiego tutto per filo e per segno.»

Franco fissò lo sguardo vuoto del suo aiuto e scosse la testa.

«Hey you, idiot, come here! Yeah you director[1]...» urlò Bruce con uno spiccato accento americano

Franco guardò Massimo che rassicurandolo gli disse:

«Su vai non ti preoccupare, io sarò sempre dalla tua parte.»

«E' proprio di quello che mi preoccupo» rispose Franco.

I due raggiunsero Bruce. Massimo stava defilato continuando nella sua litania «tranquillo, stai sereno, non

---

[1] *«Ehi tu idiota! Vieni qui! Si, tu regista...*

ti preoccupare». Bruce li squadrò dall'alto in basso, si tolse il sigaro di bocca e sbuffando il fumo contro il povero regista aggiunse:

«What did you just say to Giada?» [2]

«I just said only that she...»[3]

«Lascia parlare me...» lo interruppe Massimo.

«He said only that she...»[4]

Bruce incalzò: «Remember that I'm the boss here and we do whatever I say we do. And if I say Giada is good that means she's good!»[5] poi la sua espressione mutò e con fare romantico si rivolse verso Giada: «it's true isn't it that you're good? And that you're my farvorite actress?» [6]

Giada dette due colpi di ciglia, spalancò all'inverosimile i suoi stupendi occhioni azzurri, passò la lingua sulle sue labbra carnose e guardandolo gli sussurrò:

«Yes, amore, but if I'm your favorite actress then you have to throw this moron off the set!»[7]

Franco non capendo si rivolse a Massimo «Che ha detto?»

«Niente» rispose Massimo «tranquillo, tutto okay, sono cose loro. E poi sei in una botte di ferro perchè io sono dalla tua parte!»

In quel momento Bruce puntò il suo sigaro come un'arma verso la sua vittima predestinata e gli disse:

«Giabroni get your little chair and your ass out of here. And don't come back. Capisce?»[8]

---

[2] *«Che cosa hai detto a Giada?»*
[3] *«Io le ho soltanto detto...»*
[4] *«Lui ha soltanto detto che lei...»*
[5] *«Ricorda che io sono il capo qui e facciamo solo quello che dico io. E se io dico che Giada va bene, vuol dire che va bene»*
[6] *«non è vero che tu sei brava? E che sei la mia attrice favorita?»*
[7] *«Si, amore, ma se io sono la tua attrice favorita, devi buttare fuori questo idiota dal set»*

Franco, più dal tono che dalle parole capì quale sarebbe stata la sua fine.

«Hey you what's your name?»[9] riprese il produttore rivolto verso l'aiuto regista.

«Massimo Tarelli!»

«Okay Max, you're the new director!» sentenziò Bruce «You in?»[10]

«Absolutely!» rispose Massimo   «You won't be sorry.»[11]

Franco incredulo guardò "Caino" e amareggiato disse con un filo di voce:

«Ma avevi detto che saresti stato sempre con me?» Massimo tirò su le spalle, allargò le braccia e con un sorriso beffardo disse: «ogni tanto qualche cazzata falla dire anche a me, le vuoi dire solo te, ciao caro, anzi Bye Bye director!»

Finalmente era arrivato il suo momento. Non importava quanto male avesse fatto al suo amico. Era dentro.

Stare in quel mondo da protagonista per Massimo era un grande sogno. Nel mondo dello spettacolo non c'è posto per i sentimentalismi. Vanno avanti solo i migliori, o meglio, i più spietati. Raggiunse con orgoglio la sua nuova postazione.

Gli attori e i ballerini, anche se lontani, avevano capito tutto. Massimo scostò la sedia consunta di Franco, pose la sua al centro e urlò come un consumato regista: «Motore!»

---

[8] «Giabroni, prendi la tua seggiolina e porta il tuo culo fuori da qui. E non tornare più, capito?»
[9] «Hey tu, come ti chiami?»
[10] «Va bene Max, tu sei il nuovo regista!» «Sei dei nostri?»
[11] «Assolutamente» «Non te ne pentirai!»

Tutte le maestranze presenti, dopo un veloce scambio di sguardi, ricominciarono ad essere operativi.

Del resto erano tutti dei navigati professionisti e come tali erano già balzati sul carro del vincente.

L'altro, Franco, prese con sé il suo misero trono e come un re in esilio passò in mezzo al set, il suo regno, dove il balletto, si stava posizionando pronto a ripartire.

Si soffermò quasi al centro della scena. Cercò invano uno sguardo di qualcuno dei suoi ragazzi che lo confortasse.

Sperava in una rivolta contro la sua cacciata. Constatò invece che nessuno mosse un dito, nessuno disse mezza parola a suo favore anzi, era già diventato invisibile. Bruce sarebbe stato inflessibile. Chiunque avesse preso le difese di Franco, sarebbe stato contro di lui e contro la sua bella, brava ma soprattutto disponibile attrice.

Il fonico urlò: «Partito!»

Massimo guardò dentro il suo monitor e vide Franco che se ne stava immobile con la sua sedia in mano Il produttore dalla sua fuoriserie lo stava osservando. Il nuovo regista doveva subito dimostrare eterna fedeltà e quindi impietoso sbraitò:

«Chi è quel cretino in mezzo al set! Via dai coglioni!» Franco si voltò per un istante e con uno sguardo malinconico uscì dal campo. La musica ricominciò, i danzatori ripeterono la loro coreografia, poi fu la volta della scena tra il coreografo e Giada. Lei fu più cagna che mai.

«Stop! Questa è buona!» gridò ovviamente Massimo. Bruce si compiacque molto. Finalmente aveva trovato un regista che sapeva fare il suo mestiere anzi, il mestiere che voleva lui: lo schiavo.

Tutti iniziarono a smontare. I curiosi a poco a poco sfollarono. Quando furono dentro al camper, i ballerini commentarono quello che era accaduto. Nella riservatezza di quel camerino mobile potevano dire la loro, tanto nessuno li ascoltava. Giada aveva la sua roulotte. Il piazzale Michelangelo tornò sgombro.

Il circo aveva terminato il suo misero spettacolo.

2

6451 CHILOMETRI

A Providence erano le otto di sera. In un quartiere fatto soprattutto di negozi e piccole palazzine per lo più sedi d'uffici, le strade erano deserte. Del resto era il Victory day e la maggior parte degli abitanti se ne stava ancora a Greenville tra gare di pesca e barbecue ben speziati. Il termometro del Food & Drug segnava ventotto gradi che per il clima solitamente mite del Rhode Island non erano certo pochi. Davanti alla vetrina di questa immensa distesa di patatine, bibite e pillole, c'era parcheggiata una Mustang nera del novantasette. Sul lato opposto del marciapiede, al 732 di Branch Avenue, più o meno dallo stesso anno, l'insegna del negozio di elettrodomestici aveva i neon della lettera C e della R da sostituire. Il silenzio generale, alternato solamente da qualche autoradio in lontananza, fu improvvisamente interrotto dal fragore di vetri rotti. Un forno a microonde partito dall'interno del negozio, impattò nella vetrina, fece implodere i pochi neon accesi e, dopo un volo di qualche metro, finì per atterrare esattamente al centro del cofano della Mustang.

Dalla nuova apertura sulla strada, si udivano delle voci ben distinte: «No per favore, basta!» gridò un uomo con fare implorante.

«E no adesso il lavoro deve essere finito!» aggiunse un'altra voce mentre un'autoradio percorse la stessa traiettoria del forno impattando stavolta, durante l'atterraggio, sul paraurti anteriore dell'auto e ammaccandolo vistosamente.

«Dobbiamo andare» disse un uomo mentre usciva in modo frettoloso dal negozio.

«Torneremo presto!» aggiunse un secondo uomo vestito esattamente come il primo. I due erano quelli che definiremmo in poche parole, loschi figuri. Il primo si chiamava Vinnie, in carne, capelli tenuti tutti indietro e compatti all'inverosimile grazie a qualche sostanza gelatinosa che aveva un odore forte di anice, maglietta aderente nera che disegnava ben tre strisce di grasso sul suo addome, scarpe a punta di vernice che dovevano sicuramente essere un'opprimente costrizione per i poveri piedi, che dall'incedere si notava essere piatti. Il tutto corredato da monili in oro degni del corredo funerario di un faraone.

Tre enormi anelli, una collana a maglie talmente larghe da racchiudere in ognuna un ciuffo di peli e un crocefisso che si adagiava sull'inizio dello stomaco. Il secondo Sonny, differiva dal primo solo per alcune particolarità: portava sempre un cappello di pelle a tesa larga, la mano destra mancava del mignolo e quindi di conseguenza portava un anello in meno.

Per il resto un non attento osservatore li avrebbe confusi. Stessa altezza, stessa corporatura, stesso modo di atteggiarsi, di gesticolare e di camminare. I due raggiunsero la vettura, Sonny raccolse l'autoradio e, una volta saliti a bordo, partirono a tutto gas immettendosi poco dopo nell'arteria principale della viabilità cittadina. Direzione i quartieri alti della capitale.

Fred, che era il titolare del negozio, uscì per strada con una scopa e in modo rassegnato iniziò a raccogliere i vetri della sua vetrina ormai andata distrutta.

«Che bastardi» disse tra sè e sè. Si guardò attorno, rientrò nel suo negozio, girò il cartello in lamiera rosso appeso alla porta da "OPEN" a "SORRY, WE'RE CLOSED", spense l'insegna, o quel poco che ne restava, e sparì.

Il viaggio di Sonny e Vinnie proseguì per venti minuti. A Vinnie piaceva portare quella vecchia carretta al massimo. Guidava come un pilota, o forse pensava di guidare come un pilota poiché l'assetto della Mustang e la circonferenza della sua pancia, creavano le condizioni perfette per le quali il suo corpo fosse, nel vero senso della parola, un tutt'uno con il volante. Sonny era nervoso ma non agitato. Si capiva dal fatto che fosse stranamente silenzioso. Fissava la strada, le sagome dei palazzi che passavano veloci e i volti di quelle poche persone che incrociarono nel loro tragitto.

«Ci siamo» disse Vinnie e poi voltò verso destra in una piccola viuzza asfaltata nel primo tratto e poi lastricata di mattoni chiari.

Non c'erano case solo muri molto alti e siepi disegnate alla perfezione dalle mani esperte di un giardiniere.

In fondo alla strada si vedeva un imponente cancello nero. Sembrava stato verniciato da poche ore.

In cima c'erano delle punte di picche dorate, ben lucide. La macchina si dirigeva in quella direzione adesso molto lentamente.

Quando l'auto fu a pochi metri dal cancello, questo iniziò ad aprirsi. Da questa piccola distanza s'intravedeva al suo interno un piazzale pieno di macchine di lusso parcheggiate in modo molto ordinato. Al centro una fontana di bronzo con i suoi zampilli riempiva una vasca di forma ovale. La villa color crema, alle spalle di tutto questo, era una costruzione imponente, regale, assoluta. Lo sguardo era subito attratto da un altissimo colonnato centrale con capitelli corinzi. Le foglie d'acanto scolpite si fondevano con una terrazza che dominava l'intera proprietà. Le finestre, bianche, stile inglese, avrebbero sicuramente diffuso moltissima luce all'interno, ma erano tutte oscurate da tende damascate rosso fegato. Sui lati del colonnato, appoggiati ad alcune statue in marmo o seduti su alcune panchine c'erano diversi uomini. Alcuni di loro fumavano, altri si soffiavano rumorosamente il naso. Qualcuno parlottava ma con un tono di voce talmente basso da non far percepire nemmeno il rumore delle labbra. Vinnie e Sonny parcheggiarono l'auto, scesero e raggiunsero la porta centrale.

Prima di entrare Vinnie esitò un secondo e fece un gesto a Sonny per fargli capire di togliersi il cappello. Finalmente fu chiaro perché lo portasse sempre. Aveva una vistosa piazza al centro della testa, esattamente al centro, come se avesse appena ricevuto la tonsura.

L'interno della casa era molto austero. Le tende che coprivano le finestre,erano talmente pesanti da sembrare pareti, non avevano una grinza, non si muovevano minimamente.

Le pareti erano piene di quadri riportanti motivi di caccia o figure di Santi. I mobili, per lo più cassettoni e librerie, erano di legno scuro, laccato. I tappeti, uno per ogni stanza, avevano dei motivi floreali che richiamavano quelli delle tappezzerie presenti. Al centro vi era un imponente scalone in legno con le balaustre intarsiate. Sonny e Vinnie lo salirono con passo cadenzato. Percorsero tutto il lungo corridoio anche questo in legno. In fondo, davanti alla stanza c'erano due donne, sedute, vestite di nero, che recitavano il rosario. Entrarono nella grande stanza dove al centro c'era un letto a baldacchino anche questo in legno scuro. Nel letto un uomo molto anziano e sul punto di morte era circondato da otto persone al suo capezzale. Un suo ritratto giovanile dove appariva sano e vigoroso, lo fissava quasi beffardo appeso sulla parete davanti al letto.

Jack Jabroni, da tutti chiamato familiarmente Don Jack era un italo americano come tanti. Si era fatto da solo. Veniva da una famiglia di umili origini emigrati da un paesino della provincia di Palermo. I suoi furono tra quelli che sbarcarono al Battery Park di New York. Il padre scelse quel viaggio perché gli era stato prospettato un lavoro a Simmonsville in un mulino.

Ma il piccolo Jack, cresciuto in un quartiere di muratori, tagliatori di pietre e calzolai, vedeva la miseria e la fatica come dei nemici da tenere lontani. Iniziò a frequentare gente del centro e presto si trasferì a Broadway Street lasciando per sempre la periferia.

Come ci riuscì era un mistero, ma sta di fatto che ai suoi genitori, ai suoi amici insomma alla sua famiglia, non fece mai mancare niente. Forse era per questo che in un momento così drammatico tanta gente era lì a rendergli omaggio. Quelle persone erano i figli o i nipoti di tanti amici di Jack ai quali lui non aveva fatto mancare niente. Soldi, rispetto e protezione.

Il silenzio nella stanza era surreale. Fu interrotto solo dal "clic" della chiusura della borsa del dottore.

«Buonasera» disse quasi sottovoce, incrociò lo sguardo di Vinnie, scosse leggermente la testa e poi uscì. Il vecchio Jack fece cenno a Sonny di chiudere la porta. Sonny eseguì. Poi prese posto in piedi vicino al suo amico Vinnie con il cappello tra le mani.

«Sto morendo» disse il Don con un filo di voce «ma sono sicuro che ognuno di voi riuscirà a rendere onore al mio nome e alla nostra società.»

Gli occhi degli astanti si fecero immediatamente lucidi mentre, come se si fossero messi d'accordo, iniziarono ad annuire simultaneamente.

«Ma non posso e non voglio andarmene…» riprese Jack «…sapendo che c'è ancora nella mia famiglia qualcuno che getta disonore al mio nome.»

Al Miranda, doppio petto gessato, faccia da playboy, cicatrice lungo la guancia come optional si alzò in piedi e disse:

«Dovete solo dirci cosa dobbiamo fare…»

Gli fece subito eco Sonny «E noi sistemeremo quel figlio di puttana!»

Don Jack Jabroni alzò lo sguardo verso di loro, uno sguardo rassegnato e con tono paterno aggiunse: «E' il figlio di mia sorella!»

Il rumore seguente fu quello della manata che Vinnie diede sulla pelata di Sonny. Il vecchio diede due colpi di tosse secchi e poi riprese:

«Lui fa il regista in Italia quindi potete benissimo farlo arrivare parlandogli della nostra copertura. Ho già lasciato tutto al notaio. Se volete ereditare il mio patrimonio, dovete riuscire a farlo diventare come me.»

«Morto?» chiese un po' esitando Sonny. Non finì nemmeno di dire quella parola che fu raggiunto da una seconda manata sempre diritta sulla piazza.

«Dovete farlo diventare uno dei dieci nemici pubblici più pericolosi di tutto lo Stato oppure il mio impero andrà tutto a quell'orfanotrofio in mezzo a Fulton Street». Ci fu il seguente scambio di sguardi: Sonny guardò Al, Al guardò Vinnie che guardò il vecchio, poi fissò Sonny. Il suo sguardo voleva dirgli di non pronunciare altre cazzate ma Sonny, forse, non lo capì ed esclamò:

«Miiinchia!»

La notte, verso le quattro, il vecchio si addormentò. Per sempre.

3

C'E' POSTA PER TE

Franco abitava nella periferia nord di Firenze in un palazzone verde sbiadito. Tanto alto quanto lungo. Tutte le tapparelle erano uguali, i balconi erano uguali e il caldo torrido era uguale. Anche il rumore dei ventilatori presi al Discount davanti era uguale. Del resto c'era un'offerta e quindi perché non approfittarne?

Durante quel lunedì d'agosto anche le occupazioni di tutti i condomini erano le stesse. Muoversi il meno possibile per resistere al Ghibli, era l'imperativo. Il telegiornale del resto erano giorni che lo ripeteva. Sarebbe stata la settimana più calda degli ultimi trenta anni. Tutte le volte la stessa storia. Se la temperatura fosse salita di anno in anno esponenzialmente a quello che dicevano i metereologi alla televisione, avremmo toccato minime di ottanta gradi.

Comunque era una giornata afosa, veramente calda.

Franco, per sudare il meno possibile, da diverse ore si era imparentato con il divano.

Un suo caro amico era andato a trovarlo. Come tutti i giorni.

Antonio era stato uno studente di legge modello fino ai ventitré anni. Poi ebbe degli impegni improvvisi e finì per laurearsi a trentadue anni. Voleva dimostrare ai suoi genitori che per diventare un buon avvocato non importa né avere spinte né essere in qualche modo figlio d'arte. Loro stavano ancora aspettando questa dimostrazione. Lui e Franco si conoscevano fin da piccoli.

Stesse scuole, stesso oratorio, stesse ragazze, stessi sogni e spesso stesse delusioni. Ma soprattutto stesse passioni come, per esempio, il cinema italiano in bianco e nero. Tutti i classici e tra tutti, i film di Totò.

Anche quel giorno, per distrarsi dalla canicola, si stavano dedicando all'ennesima visione di "Totò le Mokò".

In questi momenti, era come se fossero al cinema. Avevano un grande rispetto per i loro artisti preferiti. Non parlavano, conoscevano i film a memoria, ogni singola battuta, però non si distraevano per un solo istante. Anche perché Franco aveva insegnato all'amico che tutte le volte notava qualcosa di diverso. Un dettaglio, un'inquadratura fatta in un certo modo o un errore di montaggio. Antonio si era appassionato e cercava di fare lo stesso.

Al termine del film iniziava un piccolo dibattito critico sull'opera appena vista.

«Caro mio, era avanti cinquant'anni rispetto a tutti gli altri del suo tempo» disse Franco battendo la mano sulla spalla al suo amico

«Toto' fa sempre ridere!» rispose Antonio.

Fine del dibattito.

«Senti ma piuttosto al lavoro?» chiese Franco

Antonio dopo un secondo di esitazione rispose:

«Mi sono preso un periodo, un periodo di aspettativa.»

«Dammi retta, non li fare aspettare troppo che magari ci ripensano!» disse Franco con tono ironico mentre esplorava il frigorifero.

«Tu invece? Lo spot?»

«Ho deciso che non fa per me io e il produttore abbiamo due visioni diverse perché il cinema io lo concepisco più in chiave neorealistica con delle soggettive...»

«T'hanno buttato fuori anche questa volta.»

«A calci in culo!» confessò Franco «Me e la seggiolina.»

«Non sarà mica quella che ti porta male?»

«Non penso proprio e comunque d'ora in poi non ci saranno più problemi. L'ho buttata via. Non è che io creda a queste superstizioni anzi, non bisogna proprio crederci a queste cose lo sai perché?» disse Franco mentre stava finendo la sua indagine sui prodotti scaduti ancora in frigo «Perché porta male!»

Il suono stonato del campanello risuonò nella stanza ma Franco, come se non l'avesse sentito, proseguì «Poi voglio girare un film che faccia un po' ridere e anche un po' piangere...»

«Hanno suonato» lo interruppe Antonio. Si alzò a fatica dal divano e guardò dallo spioncino della porta.

«...nel senso comico drammatico cioè...»

«Franco, a proposito di comico drammatico: postino ridere, raccomandata, piangere!» disse Antonio aprendo la porta.

Il postino, un uomo vicino alla pensione, tutto sudato e ansimante, entrò nella stanza guardò Franco e disse:

«C'è da firmare.»

Franco guardò l'amico e disse: «Antonio firma te!»

Il postino allora volse lo sguardo e il blocchetto delle firme verso l'avvocato che pero' subito rispose:

«Per etica professionale non posso firmare le raccomandate senza saperne la provenienza.»

«E quindi?» chiese incuriosito Franco

«E quindi sono cazzi tuoi!» finì Antonio dirigendosi verso il bagno. Il postino ubriacato dal caldo e da questo ping pong si spazientì e con tono risoluto chiese:

«Insomma? La devo firmare io?»

«Perché si puo'?» chiese Franco con un filo di speranza

«Ma no che non si puo'!»

«E allora...» intervenne Antonio dal bagno «...perché lei crea questa false attese nel mio assistito?»

«Ah l'assiste lui Lei?»

Franco per uscire da questa situazione d'empasse prese la raccomandata e la firmò.

Il postino consegnò la busta e rimase li, in attesa della mancia.

Era vecchio del mestiere. Se questo gesto di riconoscenza non avveniva spontaneamente, lui si piazzava lì e aspettava.

Mentre Franco era intento ad aprire la busta si rivolse ad Antonio e disse:

«Senti, ma come mai non va via?»

«Lo so io perché, lascia fare a me.»

Antonio lo raggiunse, si mise le mani in tasca e tirò fuori dal portafogli un suo biglietto da visita che consegnò al postino.

«Ecco, se lei avesse mai bisogno di assistenza legale, non esiti a chiamarmi. Faccio tariffe speciali per anziani e neo pensionati.»

«Benissimo allora chiamo lo studio.»

«Che studio? Ancora non ho uno studio.»

«A no?» riprese l'omino «Lo apra, lo apra dia retta a me. Avrei anche già il nome da suggerirle.»

«Tipo?» chiese Antonio incuriosito.

«M.D.M.» gli rispose il postino chiudendo a fatica la sua borsa stracolma.

«Mhmm. Chiaramente è un acronimo. E per cosa sta?»

Uscendo dalla porta, mentre aspettava l'ascensore, gridò:

«Malati Di Mente!»

Antonio si sbrigò a chiudere la porta prima che qualche vicina impicciona si affacciasse per vedere a chi fosse rivolta la frase.

Poi chiese: «Allora Franco? Quanto c'è da pagare? Che faccio, preparo subito un ricorso giusto per prendere un po' di tempo?»

«Io non riesco a leggerla, non ho il coraggio. Puoi leggerla te?»

Antonio osservò per qualche istante sia la busta che la lettera.

«Non è che non hai il coraggio è che è scritta in inglese e tu l'inglese non lo sai.»

«Non è vero che non so l'inglese è che non lo conosco bene come l'italiano. Magari fraintendo qualcosa e poi mi faccio prendere dall'ansia quindi se mi fai la cortesia di leggerla te, bene, altrimenti vado da Giulia di sotto e sento se me la puo' leggere lei, va bene?»

«Così con la scusa della lettera cerchi di vedere se riallacci il vecchio rapporto.»

«Secondo te io sono così subdolo? Non ho mica bisogno di certi sotterfugi. Poi siccome fai tanto lo spiritoso, lo sai perché è finita con Giulia? E' finita perché io ho chiuso il nostro rapporto.»

«E come mai lo hai chiuso?»

«Perché lei non mi voleva più!»

«Comunque...» Antonio lesse in silenzio per qualche secondo poi si avvicinò all'amico con voce greve e disse: «Fatti forza, Franco. Sicuramente è un momento difficile per te. Cerca di non abbatterti. E' morto lo zio Jack.»

«No!» Franco balzò in piedi e poi aggiunse perplesso:

«e chi è?»

Antonio continuando a leggere «E' lo zio d'America.»

«Poverino, e cosa aveva?»

«Una casa di produzione che ti ha lasciato.»

«No dico di malattia cosa aveva?»

«Sarà morto di vecchiaia.»

Franco ripensò a quello che il suo amico aveva appena letto e riprese: «Lo zio Jack? Poverino era una così brava persona! Pensa era uno dei produttori più importanti d'America!»

«E chi te l'ha detto?»

«Me l'hanno detto i miei genitori. Ora ricordo! Una volta tanti anni fa venne qua in Italia! Io avrò avuto un anno o due, forse tre. Eravamo in vacanza in Sicilia dai parenti della mamma. Ma che dice la lettera poi?»

«Dice che sei l'unico Giabroni rimasto e quindi, come erede universale, sia la casa di produzione che tutti i beni dello zio Jack, restano a te.»

«E scusami....ora è tutto mio?» chiese con tono incredulo «E quanto c'è?»

«In che senso?»

«Si, quanto c'è di soldi, ho ereditato tutto, ma tutto quanto?»

«Questo la lettera non lo dice. Dice che dobbiamo recarci a Providence il prima possibile. Lì lo studio legale che seguiva tuo zio ci spiegherà tutto. Sicuramente ci saranno un sacco di questioni da trattare. Cavilli giuridici, tasse di successione da verificare. Dai Franco,non perdiamo tempo. Dobbiamo partire subito per l'America.»

«Dobbiamo? E tu che c'entri scusa?»

«Te che parli male l'inglese e lo capisci ancora meno, andresti in America per una transizione così importante senza un buon avvocato? E se qualche lontano parente, figlio illegittimo o donna sedota e abbandonata reclama qualche diritto e impugna il testamento? Te sei un regista ma non li guardi i film?»

«Secondo me te hai visto troppo Beautiful...» poi ci pensò un attimo e riprese: «forse hai ragione.»

«Certo che ho ragione! Devi andare lì con il tuo legale di fiducia. Un buon avvocato!»

«Va bene. Hai per caso il numero di un buon avvocato?»

«Ma ti sembra il momento di fare battute? Facciamo così io vado a casa e mi metto subito a cercare i biglietti per il volo. Tu inizia a preparare le tue valigie.»

Antonio uscì dalla casa dell'amico e si precipitò in un internet point.

Franco era ancora stordito dalla notizia. Quello zio lui se lo ricordava a mala pena. Aveva chiaro in mente che suo padre non amava che se ne parlasse. Doveva esserci stata qualche ruggine tra loro.

Non era affranto per la notizia, era stordito da quell'insieme infinito d'informazioni. Poche ore prima un produttore americano lo aveva buttato fuori dal lavoro e adesso proprio lui stava per diventare a sua volta un produttore americano. Che soddisfazione. Poi c'era l'incognita dell'eredità. Il viaggio dei suoi sogni. In quell'attimo la sua testa sembrò prendere il volo, così come presto avrebbero preso il volo i due amici.

Non si mise a fare le valigie. Iniziò a telefonare. Era l'inizio del suo riscatto. Chiamò tutti. Gli amici, i ragazzi del bar e poi quelli che erano sul set e avevano assistito alla sua cacciata. Era il modo migliore per far sì che la notizia si spargesse nell'ambiente. Il suo ex aiuto regista doveva crepare d'invidia: Caino!

Poi, visto che c'era, finito di telefonare scese un piano di scale e suonò anche a Giulia.

Mai dire mai.

4

ADDIO FIRENZE!

Il tabellone dell'aeroporto di Fiumicino indicava che i voli in partenza e in arrivo erano tutti regolari. Le code ai banchi per il check-in, sembravano infinite. Tipico del periodo estivo.

Il volo di Franco e Antonio partiva alle 11:00 e raggiungeva Boston alle 15:25 dopo nove ore e venticinque minuti di volo.

Essendo un volo internazionale, si sarebbero dovuti presentare due ore prima della partenza ma, come due bambini la notte prima della gita, non avevano chiuso occhio dall'emozione e quindi alle 6:00 erano già all'aeroporto ad attendere. A quell'ora la grande sala d'aspetto era quasi deserta. Arrivarono prima del giornalaio. Fecero colazione al bar. Poi, non essendoci altro da fare, si sedettero. Attesero talmente tanto su quelle scomode poltroncine, che si addormentarono.

Una donna delle pulizie che era montata in turno poco dopo, li svegliò battendo involontariamente lo spazzolone sui loro piedi.

Erano le 9:00 giusto in tempo per mettersi in fila. Davanti a loro c'era una ragazza bellissima con un bambino per mano. Capelli castani, fisico prosperoso, abito leggero color crema, sandali firmati. Stupenda.

Franco voleva far colpo su quella splendida donna. Magari il volo insieme sarebbe stato un'ottima possibilità per conoscersi meglio. Franco prese il cellulare e iniziò a chiacchierare parlando con un tono di voce molto alto per farsi sentire dai presenti ma soprattutto da lei.

«Si però guarda adesso ti devo lasciare perché sto per partire, sono all'aeroporto. Vado in America per girare dei *films* a Hollywood. »

Lei si voltò a guardarlo.

Lui allora rilanciò: «Ho aperto una casa di produzione proprio lì. Hollywood hai capito bene. Sto' trattando con alcuni attori *vips* americani per un film che produrremo il prossimo anno.»

Lo sguardo della ragazza sembrava interessato. Franco fece "All In":

«Chi l'ha letto dice che è da nomination poi...»

In quel momento il suo cellulare squillò forte rendendo evidente la finta conversazione che stava facendo. La ragazza scosse la testa. Franco spaventato dal suono improvviso, allontanò il telefono dall'orecchio, si guardò attorno e poi rispose:

«Pronto chi parla?» chiese imbarazzato. Leggermente dietro di lui di qualche posto, Antonio stava parlando al telefono con l'amico :

«Chi sarà?»

«Cosa vuoi?» chiese Franco

«Dicevo, siccome possiamo avere solo un bagaglio a mano per uno, perché non lo porti te uno dei miei due?»

«E che mi telefoni per dirmi queste cose?»

«Mica posso urlare come fai te! Dai, tanto te hai solo la borsa del portatile.»

«Fai una cosa allora, così vedo se rimedio questa figuraccia.»

Franco mise la mano davanti alla bocca per non far sentire quello che stava per dire: «Vieni qua, fai finta di non conoscermi, mi chiedi l'autografo e appoggi il bagaglio sul mio carrello.» poi riattaccò.

Antonio, trolley alla mano, lasciò il carrello con i suoi bagagli e si avvicinò a Franco

«Scusi, scusi, Franco...»

«Si, mi dica.» rispose fingendo stupore

«Me lo fai un autografo?» chiese Antonio porgendogli penna e foglio

«Certo, con piacere. A chi lo faccio?»

La donna, incuriosita si voltò verso i due

«A chi lo fai, a me lo fai no? Me l'hai detto te di chiederti un autografo.»

Franco imbarazzato si rivolse alla ragazza:

«Sta scherzando sicuramente boh! Io non lo conosco».

Poi a voce bassa disse ad Antonio «Ma te non capisci proprio niente veramente! Ti ho detto che te non mi conosci. Facciamo così: d'ora in poi, succeda quel che succeda, non mi conosci, va bene?»

Poi scarabocchiò quel foglio, lo consegnò ad Antonio e prese il suo bagaglio. Una volta consegnate le valigie, passarono subito al metal detector.

La bella ragazza adesso, combinazione, era dietro a Franco

«Questo è destino.»

Lei abbozzò un rapido sorriso quasi stizzito.

Franco appoggiò sul nastro il bagaglio che gli aveva consegnato Antonio. Il bambino lasciò la mano della giovane madre e iniziò a giocherellare con l'etichetta della valigia che penzolava da sopra.

«Non toccare» lo sgridò lei «quante volte te lo devo dire che la roba degli altri non si tocca?»

«Eh eh, frugoletto» sorrise Franco scapigliandolo un po'.

«Tua sorella...»

«Sono la madre» lo interruppe lei.

«Accipicchia che mamma giovane che hai! Fortunato! Dicevo, la mamma ha ragione sai? Qui dentro c'è roba delicata.»

Poi rivolgendosi alla donna aggiunse pieno di boria «Sa noi registi portiamo sempre con noi l'attrezzatura. Se ci fosse da riprendere qualcosa al volo...ah ah ah» rise di gusto «capita la battuta? Siamo all'aeroporto, riprendere qualcosa al volo!»

Stavolta il sorriso della donna fu, se possibile, ancora più finto.

Il bagaglio passò sotto la scansione. L'agente addetta alla verifica sui monitor fece cenno alla collega che stava in fondo al nastro di avvicinarsi. Le sussurrò qualcosa. Lei si mise alla fine del rullo dove si fermano i bagagli.

«Di chi è questa?» chiese

«Mia!» rispose Franco con tono fiero.

«Me la puo' aprire per favore?»

«Certamente!» rispose.

Franco aprì la valigia. Dentro c'erano un assortimento di dvd pornografici, un paio di boxer da uomo molto equivoci, un frustino e un paio di manette sexy.

Nel vedere quelle cose la ragazza tappò gli occhi al bambino e disse: «te l'avevo detto di non toccare.»

«E questa roba qui, signor regista?»

«Mi conosce?» chiese speranzoso Franco

«No, ma sono due ore che vocia per far sentire a tutti che fa il regista. Regista pornografico forse?»

«No, guardi che non è roba mia è tutta del mio amico Antonio.» Si voltò per cercare l'amico e lo scorse due metal detector più in la.

«Antonio!» lo chiamò.

Lui, che era intento a raccogliere i suoi oggetti passati sotto la scansione, finse di non sentire.

«Antonio! Antonio, ehm…avvocato Antonio Verdi!»

Il poliziotto in servizio alla postazione dove si trovava Antonio disse: «Signore, mi sa che c'è quel tipo che la sta chiamando.»

Antonio guardò verso Franco che gli accennò un saluto con la mano.

«Chi?» chiese «Quello laggiù? Strano ma non lo conosco» e poi ripeté scandendo «io non lo co no sco.»

La poliziotta di Franco, che sicuramente non brillava per avvenenza fisica né tanto meno per l'odore che emanava il suo grasso corpo sudaticcio, disse: «Frustino, dvd hard, manette…insomma via tutta roba forte eh…venga con me, venga.»

«Ma signora le ripeto, non è roba mia!»

«Guardi che questa è resistenza a pubblico ufficiale le conviene seguirmi dobbiamo "approfondire"!»

«Per carità io la seguo, ma le ripeto, non è roba mia. »

I due entrarono in uno stanzino. La poliziotta portò con sé la valigia con tutto l'armamentario.

Dopo una ventina di minuti Franco uscì da quella stanza, senza il bagaglio, con l'aspetto arruffato e gli abiti un po' sgualciti.

Raggiunse l'amico, seduto al gate.

«Non mi chiedere niente, ti prego.»

Antonio sorrise.

Finalmente fu il momento di imbarcarsi. Franco mentre raggiungeva il proprio posto, cercò invano di localizzare quella giovane mamma sull'aereo. Non la vide. Lei, fortunatamente, viaggiava in business.

Antonio prese posto accanto all'amico, allacciò la cintura e poi disse: «Ora posso conoscerti?»

«Si, certo.»

«Bene, allora caro mio intanto ci facciamo portare un piccolo aperitivo e poi mi raccomando, voglio sfruttare tutti i pasti e vedermi come minimo una decina di film. Con novecento euro di biglietto se permetti, voglio godermi tutti gli attimi del viaggio. Poi guarda come sono bone le hostess.»

«Io non amo volare sai? Sono sempre un po' nervoso» confessò Franco.

«Ci sono quelli che si rilassano, che ascoltano la musica, chi riesce a riposare, ecco io sono l'esatto opposto.»

Antonio si mise a sfogliare la rivista di bordo. Franco si mise a seguire minuziosamente le istruzioni di sicurezza. Verificò anche che il giubbotto di salvataggio fosse sotto il sedile.

Appena l'aereo fu decollato, entrambi collassarono in un sonno profondo. Non consumarono neppure un bicchier d'acqua. Antonio russò tanto rumorosamente che il passeggero dietro di lui si fece cambiare posto.

Si svegliarono, anzi li svegliarono, poco prima dell'atterraggio.

A Boston li aspettava una nuova vita: il sogno americano, per loro, stava diventando realtà.

5

GOODBYE JACK, WELCOME FRANK

Risalendo il corso del fiume, orgoglio e linfa di questa città, una volta passato il ponte pedestre sopra la riva destra, si notava facilmente una collinetta di un verde pulito circondata da un muro molto alto. Dietro a quel muro c'era il cimitero cattolico di Providence. Un quadrato era completamente dedicato agli immigrati italiani che questa città fondarono e resero un'oasi tranquilla. Poco più avanti, percorrendo un vialetto fatto di piccoli sassi bianchi, si arrivava a un altro lotto riservato totalmente alla famiglia Jabroni. C'era un corteo di limousine listate a lutto lungo tutte le strade interne. Le bandiere, quelle americane e quelle italiane, erano ammainate come si fa quando muoiono i personaggi illustri della comunità. Un lutto cittadino ma non ufficiale. Anche se a titolo ufficioso e in forma strettamente privata, tra quelle limousine c'erano quelle del sindaco, di molti membri del consiglio comunale, di varie organizzazioni cittadine e dei sindacati. Alcuni dissero di aver visto lasciare il cimitero anche al governatore e altri riconobbero il suo autista tra alcuni uomini che portavano una corona di fiori.

Più su, nel punto più alto della collinetta, si stava svolgendo un funerale importante. Molti uomini, vestiti in doppio petto nero, occhiali scuri, cravatta nera vi presenziavano.

Il ritratto che era nella camera di Don Jack, adesso era nel cimitero appoggiato su un cavalletto addobbato con fiocchi di velluto neri al fianco di un sacerdote che stava celebrando l'omelia funebre.

Una donna anziana, dall'altra parte del vialetto, piangeva gridando davanti ad una lapide. Il suo pianto era talmente forte che disturbava il cordoglio e il raccoglimento dei convenuti. A quel punto, Al Miranda fece un cenno a Sonny che frettolosamente ma senza scomporsi raggiunse la povera vedova e dicendole alcune cose nell'orecchio la convinse ad alzarsi e a spostarsi. Al, compiaciuto fece un cenno al sacerdote che iniziò la sua funzione.

«Siamo qui tutti riuniti davanti alle spoglie mortali del nostro caro fratello Jack. Un uomo semplice, un uomo forte, un uomo...»

«Un uomo d'onore » disse Vinnie sotto lo sguardo gelido dei presenti.

«Per molti di voi, anzi di noi» proseguì il sacerdote «lui è stato un padre... »

«Un Padrino» lo incalzò ancora Vinnie .

«Tutti voi siete stati uniti con lui come in una…»

«Famiglia!»

Al gli si fece vicino, lo afferrò per un braccio e gli sussurrò all'orecchio: «Vinnie stai muto che qui a schifio finisce!»

Mentre il sacerdote proseguì con i simboli rituali dell'incensazione e della benedizione della bara, le donne vestite di nero non cessarono un attimo di piangere. Gli uomini, occhi lucidi e cappelli stretti in mano, si fecero il segno della croce mentre la bara, lentamente, fu calata nella tomba.

Come sul palco del teatro finisce la commedia quando viene calato il sipario, le donne sfumarono a poco a poco il loro pianto. Gli uomini, soprattutto i politici e le personalità, raggiunsero di fretta le limousine per uscire di scena il prima possibile.

I fedelissimi furono gli ultimi ad abbandonare Don Jack. Tutti si recarono a Villa Concetta. Sonny e Vinnie invece presero un'altra strada: quella per Boston.

Il Logan Airport era particolarmente pieno quel giorno. Dalla porta degli arrivi internazionali, in mezzo a tanti americani che facevano ritorno a casa dopo le loro vacanze in Europa, uscirono anche molti italiani che avevano scelto gli Stati Uniti d'America per passare qualche settimana di relax.

In mezzo a tutti questi, nella coda per il controllo dei passaporti e dei visti, c'erano anche due italiani che erano arrivati, proprio come facevano gli immigrati agli inizi del secolo scorso, con un bagaglio carico di speranze e di sogni, Franco e Antonio.

Franco era emozionato come un bambino la mattina di Natale.

Finito di espletare estenuanti pratiche burocratiche, il recupero dei propri bagagli e il controllo alla dogana degli stessi, furono liberi.

La porta a vetri bianchi si aprì e davanti a loro si ritrovarono un cartello con scritto "FRANK JABRONI BENVENUTTO". Quell'errore a Franco fece tenerezza e prese consapevolezza che da quel momento, calpestato il suolo americano, Franco sarebbe stato per tutti "Frank".

Frank alzò il braccio in segno di saluto, a quel punto Vinnie, corse verso di lui e s'inginocchiò baciandogli la mano in modo reverenziale. Antonio guardò Frank ma prima che potesse chiedere il perché di questo gesto, sopraggiunse Sonny con il cartello e disse: «Scusatelo è il suo modo per presentarle le sue condoglianze per la dipartita del suo caro zio.»

«Tipo...» disse Antonio per fare una battuta « ... tipo baciamo le mani!»

«Lei deve essere l'avvocato giusto?» chiese Sonny

«Si sono l'avvocato del signor, anzi di Mr. Giabroni.» Vinnie prontamente prese un carrello per i bagagli, lo caricò di tutte le loro valigie e si diresse verso l'uscita.

«Scusate per la macchina» disse Sonny «ma sapete siamo venuti direttamente dal cimitero.»

Antonio vide la limousine e sgranò gli occhi. «Amico mio per favore, dammi uno schiaffo» chiese rivolto a Franco.

«No, sei un avvocato aspetti che te lo dia e poi mi vai a denunciare!»

Durante il viaggio da Boston a Providence i due italiani provarono tutti gli optional dell'auto. Svuotarono il mini bar, fecero dei numeri di telefono a caso, usarono i sedili per il massaggio e non smisero mai di fare zapping con i canali tv. Insomma, come fanno due bambini una volta scartato il loro regalo di Natale.

La tv si spense di botto, i sedili, parzialmente reclinati ripresero la loro posizione originale e le luci all'interno dell'auto si spensero.

«Ci siamo» disse Sonny rivolto ai due nuovi arrivati. Franco e Antonio in una sincronia quasi perfetta misero il dito sul comando automatico dei finestrini, ma erano bloccati. Antonio avvicinò lo sguardo al vetro per cercare di scorgere qualcosa oltre la pellicola oscurante.

"VILLA CONCETTA" riuscì a leggere su una lastra di marmo crepata in vari punti. Il cancello nero, quasi seguendo il lento e imponente incedere di un corteo funebre al suono del De Profundis, si aprì. La Lincoln si fece strada tra i vialetti laterali e si fermò davanti all'ingresso principale, davanti al colonnato. Vinnie, cappello alla mano, scese rapidamente dall'auto e aprì lo sportello di Franco. Antonio scese dall'altro lato, aprì la porta e fece il suo ingresso nella lussuosa dimora.

Come mise piede nell'atrio, Sonny prontamente lo afferrò per una spalla e lo fece precedere da Franco, Frank per la sua "famiglia". Era come se ci fosse stato un cerimoniale non scritto che prevedeva che l'erede dovesse essere il primo a varcare la soglia.

Bastò un piccolo cenno con la testa e le piangenti, sedute su alcune vecchie poltrone ai lati dell'imponente gradinata, si alzarono, cessarono la loro nenia e si avvicinarono riverentemente verso Frank. Una delle tre, quando gli fu più vicina delle altre, si genuflesse velocemente cercando la sua mano per baciarla.

«No, non importa, grazie per l'affetto che dimostra verso mio zio» disse Frank mentre ritirava la mano quasi imbarazzato .

Vinnie, che nel frattempo era entrato con Antonio nella dimora, tirò fuori di tasca alcune banconote e le mise tra le mani della donna.

«Adesso andate» disse con tono imperativo. Non finì di pronunciare la frase che l'ultima stava già chiudendo il grande portone dietro di se.

«Entriamo» aggiunse.

Fatti pochi passi furono nel salone. Un tavolo lunghissimo, con quattro candelabri, circondato da bellissime sedie intarsiate, occupava la stanza quasi per la sua interezza. Nei quattro angoli c'erano delle anfore dorate che davano quel tocco di kitsch a tutto il contesto. Se non fosse stato per quei damaschi austeri e pesanti tirati giù, la luce, da quelle che da dietro si intravedevano come enormi finestre, sarebbe stata fin troppa.

Nella stanza c'erano una ventina di uomini ancora vestiti a lutto. Al, primo tra tutti, si alzò in piedi, raggiunse Frank, lo baciò e mentre lo stringeva in un abbraccio disse:

«Intanto Le faccio le mie più sentite condoglianze per la prematura scomparsa del caro zio Jack. Per tutti noi è sempre stato un esempio e una guida.»

«Anche per me» rispose Frank. «Oddio, l'ho visto solo una volta da piccolo, però mi ricordo che i miei poveri genitori mi hanno sempre parlato tanto di lui e di quello che è riuscito a tirare su dal nulla. E' sempre stato il mio mito e io sono sicuro, anzi sono certo: riuscirò a diventare come zio Jack.»

«Io le posso garantire» si intromise Antonio «... la veridicità delle affermazioni del mio cliente e amico fraterno. Del resto il sangue non è mica acqua e se lui se lo sente, se lo sente».

Al, dapprima, squadrò Antonio dall'alto in basso, poi dette una rapida occhiata ai due scagnozzi che non capirono e quindi rivolto all'avvocato disse: «Lei sarebbe scusi?»

«Antonio Verdi, legale del signor Franco anzi, Frank Jabroni.»

«Allora caro collega lei deve parlare con me.»

Frank si voltò per capire di chi fosse quella voce che arrivava dalle sue spalle. Girandosi, rimase come folgorato.

Sulla soglia della stanza scorse una silouette femminile che usciva dalla penombra e si dirigeva verso di lui. Una fluente chioma nera, un corpo esile e formoso al tempo stesso, avvolto in un leggero e intenso vestito rosso Valentino. L'abito terminava esattamente nel punto da cui si slanciavano due nude gambe sinuose. L'elegante ticchettio dei tacchi delle sue scarpe su quel parquet suonava come un richiamo erotico per tutti i presenti. Frank era rapito da quel fascinoso modo di camminare, da quell'accarezzarsi naturale che c'era tra quelle due gambe nel procedere. Era la sua musa, lo avvertì forte. La donna gli si fermò davanti

«Maria Modigliani, legale della famiglia Jabroni» disse ad Antonio stringendogli la mano. Poi rivolgendosi a Frank

«Spero che la Sua permanenza con noi sia delle migliori»

«Lo spero anch'io» rispose Frank con un filo di voce.

«Questo» riprese lei «è il nostro autista Sal. Rudy, la guardia del corpo dello zio Jack, John, il giardiniere della villa...»

«Addirittura la guardia del corpo!» La interruppe l'avvocato

«... e questo è il tutto fare della casa, Joe.»

«E le signore? Chi sono?» chiese Antonio.

«Quale signore?»

«Le vecchie!» esclamo' Frank.

«No niente, quelle sono comparse le abbiamo prese per il funerale, lo zio ci teneva tanto a queste cose» spiegò Maria.

«Non vorrei apparire indelicato, ma ora che lo zio non c'è più, lo dico anche per sopportare il dolore della sua scomparsa, io mi vorrei gettare subito sul lavoro. C'è qualche produzione in programma oppure qualcosa che lo zio ha lasciato incompiuto?»

«Bravo!» gridò Al «Così si fa! Avete sentito ragazzi? Produzione! Mi piace proprio è il termine giusto. Comunque si, avevamo già pronto il piano per domani. Ma dopo quello che è successo avevamo deciso di aspettare.»

«Ma che aspettare e aspettare, the show must go on! Come avevate deciso di agire? Allo zio come piaceva lavorare?»

Al restò in silenzio. Sonny e Vinnie si guardarono

«Cioè?» chiese Maria interrompendo quell'infinito attimo d'imbarazzo collettivo.

«Cioè per esempio che ne so si variava oppure voleva che seguiste i suoi ordini?»

«I suoi ordini alla lettera altrimenti...» disse Joe.

«No con me non sarà così, ognuno avrà libertà di azione e ognuno potrà usare l'armamentario che riterrà opportuno.»

«Bene questo mi piace! » esclamò Vinnie. Sonny annuì e poi preso coraggio chiese:

«Ma voi in Italia come lavorate di solito? Otto millimetri?»

Frank con tono quasi incredulo rispose:

«Otto millimetri? Ma per chi ci hai preso? Guarda che se voi siete diventati così specializzati in questo genere è grazie a noi italiani. Noi come minimo trentacinque millimetri altro che otto!»

«Si vede che siete dei professionisti! E questo rende tutto più facile» aggiunse Al.

«Allora a questo punto domani si lavora, alle otto e trenta Sal vi porterà con il furgone davanti alla banca.»

«O.K. la location è una banca, bene. L'attrezzatura?» domandò Frank

«Non ti preoccupare è già tutto organizzato.»

Antonio a quel punto sussurrò nell'orecchio dell'amico.

«Franco ora il regista sei te, d'accordo. Pero' lascia fare. Se si lavora così si lavora così, è una vita che vuoi lavorare in America, ora che ci siamo non rompere i coglioni eh!»

«Joe, prendi i bagagli dei signori e portale nei loro alloggi. Avvocato, se vuole seguirmi, le mostro il resto della casa.»

«Ben volentieri.»

Maria nel frattempo si mise al fianco di Frank

«Una visita al parco?» Frank la prese sottobraccio «Con vero piacere, prego signora.»

Dal salone si accedeva subito nel parco sul retro. Se entrando i vialetti erano una elegante cornice, in questa parte del giardino il verde era un'unica distesa. L'unico colore che l'occhio poteva distinguere. Al centro vi era una piscina di forma ovale, circondata al perimetro da marmi rosa.

Un trionfo di lusso ed eccesso come era del resto, il disegno ricorrente in ogni aiuola che riportava le lettere " J. J." iniziali del trapassato capo...famiglia.

Quando furono al riparo da occhi e orecchie indiscrete Maria iniziò a confessarsi: «Sai io conoscevo tuo zio meglio di tutti e vedo in te la stessa caparbietà e lo stesso coraggio. Ma tu veramente domani ti senti già in grado di farcela?»

Frank si fermò e alternando lo sguardo tra i suoi occhi e la provocante scollatura le disse: «Guarda che per me queste sono cose normalissime, io praticamente a casa mia un giorno si e un giorno no faccio queste cose. Diciamo che per me è routine.»

«Mi avevano detto che non era proprio il tuo campo.»

«Ma chi l'ha dette queste cazzate?»

«Tuo zio.»

«Beh, poveretto, non mi vedeva da decine di anni. Come faceva a sapere tutto di me? Stai tranquilla. Domani capirai che genere di professionista sono.»

Stregata da tanta sicurezza e dal tono caldo e sicuro della sua voce, Maria gli si avvicinò: «Sei proprio un vero uomo.»

«Ti stupirò» riprese Frank «ti farò vedere delle cose che neanche lo zio ti ha mai fatto vedere.».

Lei si avvicinò ancora di più e sussurrò: «Non vedo l'ora.»

I due continuarono la loro passeggiata. Non era chiaro se Maria avesse giocato sporco o avesse veramente frainteso tutto il discorso. Sta di fatto che il suo ruolo si fece ben chiaro.

6

VERSAMENTO O PRELIEVO

Alle 7.45 quella mattina, come del resto tutte le mattine, per le strade del centro c'era un grande fermento. I furgoni scaricavano rapidamente la loro merce ai vari esercizi commerciali. L'asfalto della piazza era ancora bagnato segno che quel giorno il camion della pulizia delle strade aveva tardato il suo passaggio. Gli agenti del traffico solerti controllavano che tutto si svolgesse nel migliore dei modi.

Un vecchio poliziotto in pensione, pose il suo sgabello vicino alla fontana, sistemò il suo cavalletto, aprì la valigetta dei colori, bagnò i pennelli e cominciò a dipingere quel giardino fatto di piccole siepi. Oltre quel quadro, c'era la banca di Providence.

Il vecchio edificio in mattoni rossi incorniciato da finestre e porte bianche, dapprima ospitava l'antica caserma dei pompieri ma, da qualche anno, dopo un attento restauro e lucrose tangenti, era diventato la filiale centrale dell'istituto di credito locale.

Una coppia di attempati signori arrivò davanti all'edificio, salutò la guardia, ed entrò.

La guardia ricambiò, in fondo era un piccolo istituto e lui, in servizio dal primo giorno di apertura, conosceva davvero tutti i clienti. I commercianti della zona ci tenevano i loro risparmi e come loro anche molti nuclei familiari formati da coppie invecchiate lì, assieme alla loro città.

Da una piccola via secondaria, qualche minuto dopo le 8.00, arrivò l'auto nera di Sal.

Fece un giro della piazza, sparì in un vicolo e dopo qualche secondo comparve di nuovo.

Sal fermò la macchina di fronte all'istituto bancario, proprio davanti al cavalletto di quel pensionato pittore.

Dopo qualche attimo di esitazione l'anziano fece capolino da dietro a quella tela che ancora non aveva iniziato a imbrattare. Non voleva accettare quello che sembrava un gesto di grande cafoneria, un sopruso. Scorta la figura del losco individuo, ci pensò per un istante poi, la sua età, gli fece decidere di prendere le sue cose e spostarsi qualche metro oltre le prime siepi. La saggezza dei vecchi.

In quegli attimi, proprio mentre si accingeva ad attraversare la strada, un furgone con la scritta "CAPPUCCINO PRODUCTIONS" si fermò poco distante. Due improbabili tecnici scaricarono una macchina da presa su di un treppiedi e la piazzarono proprio davanti all'ingresso della banca.

Altri picciotti scaricarono degli stativi con delle grandi luci e li posizionarono di lato a quella cinepresa.

Joe aprì il portellone posteriore e assieme ai prime due, scese un carrello con sopra un mixer e tutta l'attrezzatura di un banco per la regia audio.

Le persone che passavano da quel lato sbirciavano incuriositi, ma poi riprendevano la loro strada.

Vedere una troupe televisiva ormai non era una cosa così rara specialmente in una grande città come quella. Due ragazzotti provarono invece ad avvicinarsi. «Ragazzi state indietro dobbiamo lavorare» intimò loro Joe. Non se lo fecero dire due volte. Quella figura sapeva come farsi obbedire.

Sal osservò tutta la scena poi si chinò verso l'interno della sua auto

«Capo i ragazzi sono arrivati».

Dentro la macchina, sul sedile anteriore, c'era Al. Dietro Antonio e Franco.

«Puntualissimi!» esclamò Antonio.

I tre uomini scesero dall'auto. Sal rimase a bordo con il motore acceso. Al si rivolse a Franco:

«Andiamo sul furgone così ci gustiamo la scena che ne dici?»

«Ma quale furgone, io la scena me la voglio vedere da qui!»

Al dette un'occhiata fuori: «Qui in mezzo alla strada?»

«E dove sennò, certo in mezzo alla strada. Mi portate la mia seggiolina con il nome ed io mi piazzo qui.»

«La seggiolina con il nome?» chiese Al

«Anche senza va bene lo stesso.» lo rassicurò Antonio che poi rivolto a Franco aggiunse:

«Scusa Franco. Siamo arrivati da un giorno vuoi già la sedia con il nome?»

«Ma io sono abituato così!» rispose piccoso.

Al fece un cenno a Vinnie che andò al furgone, rovistò un po' poi prese una sedia e la mise accanto a Franco.

«Frank quando vuoi e ci dai il segnale noi siamo pronti e i ragazzi entrano in azione.»

Ciò detto Al e gli altri si diressero verso il furgone. Frank si guardò attorno e poi chiese: «Ma l'operatore?»

«Ma che operatore, ci sta che qui sia tutto automatizzato. Magari quando battono il ciak parte la ripresa.» spiegò Antonio.

«Ma che ciak! Fammi un favore vai a pigiare REC.»

«No, no mi dispiace io non tocco nulla non sono nemmeno assicurato, anzi poi ne dobbiamo parlare.»

«Ho capito faccio io.»

Franco andò davanti alla cinepresa e premette il tasto. Guardò dentro l'obiettivo e disse: «Scusate un attimo, Stooop!»

Puntò il dito verso la guardia della banca.

«Guardia, guardia vieni qui un attimo!»

Al e gli altri si gelarono. Vinnie, preventivamente, mise la mano sul ferro. Pronto a intervenire drasticamente se ci fosse stato bisogno. I picciotti, lentamente, iniziarono scambiarsi segnali.

La guardia, non capendo, non lasciò chiaramente la sua posizione e soprattutto pensando a uno scherzo o a una troupe da candid camera, non reagì. Franco a quel punto andò diritto verso l'entrata della banca, si fermò davanti alla guardia e dopo averlo squadrato dall'alto in basso, gli disse: «Allora intanto quando ti dico vieni qui, devi venire qui. Comunque, ti sembra il modo di portare il cappello eh!» poi con fare deciso iniziò a sistemargli il cappello. Non fece in tempo a finire perché lui lo prese per un orecchio, iniziò a torcerlo e poi disse: «Allora intanto il cappello io lo porto come mi pare e piace, seconda di poi vattene immediatamente o ti prendo a calci nel culo che io devo lavorare ok?». Una volta finito il suo avvertimento lasciò l'orecchio spingendolo in avanti. Franco appena fu libero da quella morsa, si rialzò in posizione corretta e camminando con passo spedito tornò alla sua postazione.

«Che ti ha detto?» chiese Antonio

«Ha detto di stare tranquilli che la sua parte la sa lui, che ora deve lavorare di non rompergli i coglioni che stamani è parecchio nervoso. Siamo pronti?»

Gridò Franco rivolto verso il furgone.

Al dette una rapida occhiata a tutti i suoi uomini che erano all'interno del mezzo poi fece "O.K." con la mano.

«Bene» disse Franco. Si schiarì per un attimo la voce e poi esclamò: «Azione!»

Dal furgone "Cappuccino Productions" scesero di corsa con le armi spianate i membri della banda. L'intera operazione iniziò così rapidamente che la guardia non ebbe il tempo materiale di capire cosa stesse accadendo. I primi due del commando lo raggiunsero e lo misero fuori combattimento, gli altri entrarono in banca.

«Fermi tutti, consegnateci i soldi e nessuno si farà male, siamo dei professionisti!» disse Joe.

I pochi clienti che erano dentro si misero faccia a terra sul pavimento come gli intimò Vinnie.

Sonny nel frattempo teneva sotto la minaccia del suo fucile a pompa i cassieri.

Dopo qualche attimo di silenzio da fuori si sentirono delle grida e dei colpi d'arma da fuoco. Era una sorta di rito scaramantico che faceva sempre anche il vecchio Jack. Una raffica di colpi in aria, così, prima di uscire. Le persone restavano atterrite e tenevano gli occhi chiusi. Loro in questo modo potevano uscire molto più tranquillamente. A quel frastuono i passanti che si erano soffermati vicino alla banca iniziarono un fuggi fuggi generale. Antonio e Franco si scambiarono un'occhiata in modo soddisfatto.

«Sembra stia procedendo tutto bene.» disse Antonio e ricambiò il segno di "O.K." fatto qualche istante prima da Al.

«Che realismo questi americani, sono troppo forti!»

La sua frase iniziò ad avere come sottofondo il suono di sirene in lontananza.

Pochi istanti dopo Al uscì tenendo una donna come ostaggio. La poveretta urlava a squarciagola.

«Si però questa cretina urla troppo, troppo realismo così!» commentò Franco

Al vide Antonio e Franco che se ne stavano tranquilli in mezzo alla piazza

«Andiamo veloci forza, stanno arrivando!»

Tutti iniziarono a correre e a scappare dentro al furgone. Quando tutta la banda fu salita, Sal chiuse il portellone laterale, dette due colpi sullo sportello posteriore e il camion partì a tutto gas. Franco si guardò attorno senza capire. Ad Antonio, forse il troppo realismo dell'ostaggio, la guardia che continuava a giacere a terra o il suono delle sirene che si faceva sempre più forte e quindi più vicino, lo indussero, come una sorta di sesto senso, a prendere per un braccio il suo amico e a trascinarlo via con se.

«Ma io non ho detto Stooop! Ma che cazzo succede!»

«Non lo so ma te corri.» disse Antonio.

Sal, che era risalito in auto pronto a ripartire, dopo un attimo di esitazione li lasciò li, ingranò la prima e partì di volata.

Antonio lo strattonò dentro un vicolo cieco pieno di detriti e rifiuti. In alto, ben chiuse vi erano le scale di emergenza dei palazzi circostanti. Con la coda dell'occhio, dietro a un armadio di formica distrutto, Antonio notò la sagoma di un cassonetto per i rifiuti e, senza pensarci due volte ci saltò dentro. Franco, senza capire, senza chiedere e senza sapere, fece lo stesso. La piazza intanto si riempì di auto della polizia. Quattro agenti scesero di corsa con le pistola spianate, tre entrarono in banca e una si soffermò a verificare lo stato di saluto del metronotte.

I clienti della banca, gli impiegati e i passanti furono subito interrogati. Due agenti della scientifica repertarono quell'attrezzatura da cineasti e la caricarono su un auto.

Nel frattempo altre due auto ripartirono di corsa in direzione dei fuggitivi. Un rumore di frenata e il suono di una sirena che smetteva di suonare, echeggiarono nei paraggi del vicolo dove si erano rifugiati Franco e Antonio.

Una poliziotta ben in carne e il suo collega scesero dall'auto e si soffermarono proprio davanti all'ingresso della stradina. Dopo qualche istante, un altro agente ma in borghese arrivò nello stesso punto.

«Tenente, qui non ci sono abbiamo cercato dappertutto!»

Il tenente Kevin Murray, capo del dipartimento contro il crimine organizzato, era il classico uomo di origini irlandesi, alto, carnagione molto bianca, capelli castani chiari e il volto disegnato dalle molte notti insonni passate ad assicurare pericolosi malviventi alla giustizia.

«Alcuni testimoni hanno parlato di un furgone con la scritta "Cappuccino Productions" quindi è la famiglia Jabroni.»

Il tenente conosceva bene quel nome e sapeva da giorni che dopo la morte del padrino, qualcosa sarebbe accaduto.

«Mi aspettavo qualche omicidio per la successione ma a quanto pare hanno raggiunto un accordo in maniera pacifica.»

Il secondo poliziotto aprì il cofano posteriore dell'auto ed estrasse la macchina da presa e il cavalletto che nella fuga Franco e Antonio avevano lasciato davanti alla banca.

«Che ci devo fare con questa tenente?»

«Facci il filmino per la comunione di tua figlia. Che cosa ci vorrai fare? La scientifica l'ha repertata?»

«Certo!»

«E allora portala al comando e vediamo se almeno stavolta abbiamo avuto un po' di fortuna. Anche se solo un cretino lascerebbe una prova filmata sul luogo del crimine e comunque anche se qui dentro non ci fosse nessuna prova, riuscirò a incastrarli per sempre. Parola di Kevin Murray.»

Dall'interno al loro sudicio e nauseabondo rifugio, tra un conato e l'altro, Antonio e Franco capirono che erano finiti nel più grande problema della loro vita. In un attimo Franco capì e si ricordò. Si ricordò che i suoi avevano tanta reticenza nel parlargli dello zio d'America. Capì che sbagliava quando diceva a suo padre che gli aveva tarpato le ali non acconsentendo a mandarlo in America dal vecchio uncle Jack. Capì che quello che era stato il suo ispiratore, il suo idolo, la sua speranza, in fondo non era altro che un volgare delinquente.

In un attimo Franco rimise in discussione tutta la sua vita, passato presente e futuro. Quel futuro che meno di un'ora prima, gli appariva il più roseo di questo mondo.

I suoi pensieri furono interrotti bruscamente dal rumore dell'auto che ripartiva e dal suono della sirena che si allontanava nuovamente.

Passarono molte ore, o forse solo interminabili minuti prima che Antonio e Franco decidessero di uscire dal quel fetente nascondiglio.

Camminarono tanto verso la periferia passando per campi, zone industriali e cercando, come di solito accade effettivamente nei film, di stare lontani dalle strade troppo trafficate per essere notati il meno possibile.

Raggiunsero l'autostrada e la percorsero, nel senso opposto a quello delle auto, camminando sul ciglio, in bilico e al riparo dagli occhi dei conducenti.

Il traffico si fece più intenso, fatto che stava a significare che la gente stava rincasando dagli uffici. Il pomeriggio volgeva al termine. Avevano camminato quasi mezza giornata.

Antonio non fece trasparire la minima preoccupazione, non era nel suo stile. Il suo bisogno costante di ordine mentale lo portava sempre e solo a individuare una soluzione, la più rapida e magari la meno coraggiosa.

«I biglietti sono in camera» disse «ci basta arrivare lì e siamo salvi.»

«Perché secondo te se ci presentiamo all'aeroporto ci ringraziano, ci salutano e ci dicono "Tornate presto e salutateci l'Italia"?»

«Ma perché sei stato te a rapinare quella banca?» Franco invece di rispondere ad Antonio iniziò a pensare ad alta voce: «Lo sapevo io, lo sapevo era troppo bello lo zio produttore a Hollywood. Si è realizzato il sogno di una vita…altro che sogno questo è un incubo.»

«Comunque ora non ci resta che tornare alla villa, prendere i biglietti e andarcene via subito!»

«E come ci torniamo alla villa?»

«Chiediamo un passaggio.»

«Ma qui siamo in America davvero, non è mica un film, secondo te basta mettere il dito così perché qualcuno si fermi?»

In quel preciso istante una Cadillac rosa con gli interni in pelle color crema, si soffermò pochi metri più avanti clacsonando per attirare la loro attenzione. Al volante vi era un uomo maturo molto eccentrico nei modi e nell'abbigliamento. Volto tirato e gonfio da chi ha fatto spesso e soprattutto da poco, ricorso a interventi di chirurgia estetica. L'uomo indossava una camicia Hawaiana e degli occhiali enormi, sicura ispirazione di "Colazione da Tiffany". Fece retromarcia, raggiunse Antonio e Franco e con tono da adescatore disse: «Ciao ragazzi come ve la passate?»

Franco, capito il soggetto e le sue intenzioni, esclamò ad alta voce: «Eccoci…te l'avevo detto che eravamo in America!» Antonio aveva un solo pensiero, la soluzione e quell'uomo, era la loro soluzione

«Senta signore elegantemente vestito, ci potrebbe dare un passaggio a villa Concetta?»

L'uomo si tolse gli occhiali e fissando Antonio negli occhi disse con voce provocante: «Italiano? Mhmm amore io ti do tutto quello che vuoi.»

Antonio a quel punto realizzò. Franco al suo fianco emise il suono di un mezzo sorriso. Antonio, sempre con fare elegante aggiunse «...ecco mi scusi un attimino solo» e iniziò con passo spedito ad allontanarsi dall'auto.

Più si allontanava e più alzava il tono della sua voce : «Io vado a piedi, te fai pure quello che vuoi, ci vediamo alla villa! Comunque come tuo legale ti consiglio di venire a piedi insieme a me...»

«Guarda che per andare a villa Concetta sei sul lato sbagliato!» gridò l'uomo stizzito dalla sua auto

«Grazie!» replicò Antonio mentre attraversava la strada «e comunque anche il tuo "lato" non mi sembra proprio quello giusto!»

L'uomo iniziò a fissare Franco, si morse delicatamente le labbra e poi ammiccando disse: «Comunque in due ci divertiamo lo stesso che ne dici ?»

Franco alzò le spalle, aprì le braccia e rispose: «Dice va a piedi, se va a piedi lui, come faccio a lasciarlo solo? Visto? Non sa nemmeno la strada. Antonio!»

Franco iniziò a distanziarsi dall'auto camminando indietro poi si girò di scatto per attraversare la strada per raggiungere l'amico. In quell'istante una macchina guidata da una ragazza, frenò improvvisamente per non investirlo. Anche se in frenata Franco si spiaccicò sul parabrezza e cadde a terra. La ragazza che era al volante scese dall'auto impaurita «Oddio s'è fatto male?» chiese.

«Stavo meglio prima.»

Antonio, che aveva sentito l'urto, arrivò di corsa.

«Ecco io sono il legale del signore, questo è un sinistro bello e buono ed io tra l'altro sono anche l'unico testimone.»

«Ho visto tutto anche io, s'è rotto qualcosa?» disse sporgendosi l'uomo dalla Cadillac

«Non quello che spera lei, ups...guardi la...» proseguì

Antonio indicando verso l'altro lato della strada «...una squadra di baseball, vada vada!»

«Cretini!» gridò l'uomo sgommando via con la sua macchina rosa.

Franco si alzò da terra tutto dolorante e sporco.

«Presto salga in macchina, la porto subito al pronto soccorso.» disse la donna

«Signorina? » chiese Franco.

«Grace, piacere mi chiamo Grace, oddio spero tanto non sia niente di grave sono mortificata, andiamo.»

«Se è grave o meno lo dirà il referto del medico» aggiunse Antonio che camaleonticamente era entrato nel ruolo dell'avvocato.

Grace aveva dei tratti veramente delicati, due occhi grandi e un sorriso eccezionale. Questa sua dolcezza naturale stonava con un abbigliamento non troppo curato e un trucco trasandato di chi non ha tempo per certi dettagli.

L'auto, come tutte le vetture di chi corre tutto il giorno impegnato per sopravvivere, era un vero casino. Fogli e foglietti accartocciati sparsi qua e la. Sul pavimento come sui sedili posteriori.

Appoggiati sul cruscotto, c'erano due bicchieri extralarge di Starbucks scoloriti dal sole e quindi lì da chissà quanto tempo.

Franco fu fatto sdraiare, sui sedili posteriori mentre Antonio si mise accanto a Grace.

I due stettero un bel po' in silenzio forse per cercare di realizzare cosa gli stava accadendo.

Poi all'avvocato improvvisamente venne in mente la loro situazione e chiese: «Senta signorina dove stiamo andando?»

«Al St. John's, ormai mancano solo cinque minuti e siamo arrivati.»

«Ecco» aggiunse Antonio «io stavo pensando che forse sia meglio che ci accompagni direttamente a casa a villa Concetta.»

«Ma a me fa male la gamba e anche un po' la spalla!» si lamentò dal retro Franco.

«No a te non fa male niente.» gli fece eco Antonio scandendo tutte le parole.

«Invece a me fa male!» rispose piccoso Franco.

Grace, intenerita disse: «Su avvocato, cinque minuti e ci siamo, lo guardi, ha la faccia sofferente.»

«Guardi che lui la faccia sofferente ce l'ha da quando è nato. Si figuri che a casa lo chiamano sofferenza!»

«Come volete. Io vi porto a casa pero' mi deve promettere che se domani starà ancora male, lo porta all'ospedale. Questo è il mio biglietto da visita e per qualsiasi cosa non esitate a chiamarmi ok? Comunque è la prima volta che sento un avvocato dire al proprio assistito di non andare all'ospedale.»

«Noi in Italia lavoriamo così.»

Franco prese il suo biglietto da visita, lo guardò bene sia sul fronte che sul retro e se lo mise in tasca.

«Che lavoro fai?» chiese «Io studio e per mantenermi gli studi lavoro in un ristorante.»

«Noi invece possediamo una casa di produzioni… »

«Ehm ehm…» lo interruppe Antonio dissimulando dei colpi di tosse «giri qui e siamo arrivati.»

La macchina girò l'angolo e si fermò davanti al cancello della villa. Antonio scese, frettolosamente aprì lo sportello a Franco e lo fece alzare dall'auto.

«Comunque io sto soffrendo davvero mi fa male male male.»

Antonio a quel punto lo guardò dritto negli occhi

«Senti se andiamo all'ospedale devono fare un referto e il referto lo passano alla polizia per le indagini sul sinistro quindi...come stai?»

«Bene!» poi si voltò verso Grace «Allora grazie di tutto, passaggio, incidente, e speriamo di rivederci presto...magari a piedi.»

Lei con tono ancora dispiaciuto gli rispose: «Ciao e scusa ancora mi raccomando, chiamami anche per rassicurarmi che stai bene.»

«Ma certo! Va tutto bene!» disse Franco mentre claudicante si avviò vero l'ingresso della villa. Prima di chiudere la porta si voltò un'ultima volta per salutare Grace ma il cancello era già chiuso e la macchina già lontana.

7

UNA DECISIONE SOFFERTA

L'atrio della casa era buio. Appena fu dentro, Franco si appoggiò al muro. Voleva verificare lo stato della sua gamba quindi si alzò il pantalone e notò che la caviglia era veramente molto gonfia.

«Antonio io ho bisogno di sedermi mi fa troppo male.»

«Qui c'erano le poltrone delle vecchie.»

«Lasciamo stare dai, portami nel salone, lì le sedie ci saranno o avranno portato via tutto!»

«Forse sono scappati tutti e la villa era solo un nascondiglio temporaneo.»

Antonio si mise il braccio dell'amico attorno al collo e lentamente uno e zoppicando l'altro arrivarono nel salone. Appena Antonio accese la luce partì un fragoroso applauso. Nella stanza, stavolta in abiti non a festa, c'erano tutti i membri della famiglia Jabroni. Le tende erano state tirate su, le finestre ben visibili. L'enorme tavolo invece che essere al centro era stato posizionato a un lato della stanza. Sopra vi era una trionfale composizione di frutta, dolci, bottiglie di liquore e secchielli per il ghiaccio con dentro bottiglie di champagne gelate circondate da flute di cristallo.

Sul finire di questo lungo applauso Al si avvicinò a Franco

«Meraviglioso!» disse «Me ra vi glio so! Tuo zio caro Frank, ne sarebbe orgogliosissimo! Tu sei l'unico suo degno erede e lui ce l'aveva detto. Frank sei il numero uno anzi non ancora ma lo sarai presto!»

Franco si staccò da Antonio e avvicinatosi ad Al disse:

«Al io, anzi noi però vorremmo parlare di una cosa che non ci torna tanto, anzi per niente...»

«So già quello che mi vuoi dire. Vinnie Sonny, prego fate vedere il nostro regalo per Frank e Antonio!»

Vinnie e Sonny che stavano in disparte rispetto agli altri raccolsero un grande sacco da terra e con un po' di fatica lo tirarono su fino all'altezza del tavolo e ne svuotarono il contenuto.

Decine e decine di banconote inondarono come una cascata tutta l'enorme mensa. Alcune s'infilarono nella composizione di frutta, altre caddero nel ghiaccio. Ci vollero quasi venti secondi per svuotarlo tutto. Venti secondi della pioggia più ricca che avessero mai visto.

Al accompagnò i due prendendoli sottobraccio fin davanti a quella distesa di dollari e poi gli disse: «Prego, Frank, a te l'onore.»

«Prego cosa?»

«Penso che tu debba dividere il bottino.» disse Antonio ipnotizzato da tutta quella ricchezza.

«Bravo avvocato! Si vede che è del mestiere!» Sogghignò Al. In meno di un secondo tutto quello che era stato il loro viaggio verso la consapevolezza della loro situazione e la voglia di lasciar perdere tutto svanì.

«E allora fallo te Antonio che hai studiato. Al mi dispiace ma io sono abituato a non toccare i soldi direttamente.» disse Franco con il piglio del consumato uomo di malaffare. Maria lo guardò affascinata e restò estasiata da tanta sicurezza. Antonio non se lo fece dire due volte, si avvicinò al tavolo, si rimboccò le maniche e iniziò, contando, a dividere il malloppo in pile ordinate.

Erano stati posseduti da quella montagna di soldi. La polizia, le sirene, non le sentivano più.

Dopo qualche minuto la spartizione fu terminata e Frank e Antonio, festeggiarono con gli altri. I loro buoni propositi, quello che si erano detti erano svaniti completamente.

Maria continuò per tutto il tempo a fare la gatta morta con Frank. Gli prese del ghiaccio, lo avvolse in un tovagliolo e lo teneva sulla sua caviglia mentre con l'altra mano gli accarezzava dolcemente i capelli.

Al nel frattempo si occupò di spiegare ad Antonio quanto riuscivano a tirar su in un solo mese di lavoro. Tutti attorno gli altri componenti della famiglia continuavano a omaggiarli.

Bevuto un paio di bicchieri di champagne, forse tre, Franco e Antonio raggiunsero la loro stanza.

Piazzarono la loro parte di soldi ai piedi del letto di Antonio. Se ne stavano lì rapiti, osservando e pensando. Tutto d'un tratto la coscienza di Franco si risvegliò

«No io ora scendo, vado giù e glielo dico. Hai voglia di dire meraviglioso, stupendo, sei il degno erede, questi sono soldi sporchi ed io non li prendo.»

«E che fai, vai giù e dici, signori scusate ma noi ce ne andiamo? E loro ti confezionano un bel paio di scarpe di cemento. Anzi ci confezionano. Lascia perdere i soldi li prendo io.» disse Antonio ancora con lo sguardo catatonico.

«Come ?» chiese Franco sbalordito.

«No dico, li prenderò io in qualità di avvocato come prova.»

«Come prova di cosa?»

«Per provare che questi soldi non li abbiamo toccati, o comunque usati. Poi se permetti l'avvocato sono io e quindi te non ti preoccupare. I soldi li prendo in consegna io.»

«Va bene, te prendi i soldi, io vado giù e glielo dico. A me questa storia non mi va bene, America? America sta coppola di minchia io voglio tornare in Italia. Io sono regista e mi piace la commedia all'italiana.»

Chiuse la porta della camera e scese, sempre zoppicando, la scala che collegava i due piani della villa. Per ogni gradino che scendeva, inveiva contro l'America: «Fanculo Hollywood, il piano americano, Spiderman, i fast food ... Al sarà sicuramente ancora nel salone! Scarpe di cemento o di coccodrillo, mi devono ascoltare. Del resto qui è tutto mio no?»

Entrò e con grande meraviglia notò che il mobilio era già stato risistemato come prima della festa. Non c'erano più i segni del buffet né tanto meno dei soldi.

Maria era lì, appoggiata al tavolo, in un abito da sera blu scuro, succinto.

«Finalmente sei arrivato» disse «ti stavo aspettando.»

Dall'interno dell'unico secchiello da ghiaccio rimasto, estrasse due flute gocciolanti, una bottiglia di champagne e li riempì. Anche le sue dita erano bagnate e decise di asciugarle passandole sopra le sue labbra.

«Bene» disse Franco «sono contento perché anch'io cercavo qualcuno. Francamente cercavo Al, però puoi andare bene anche te.»

«Ti dispiace se beviamo una coppa di champagne?»

«Si va bene a me però pochino perché già quello di prim... » Maria intinse il suo indice destro nel calice di Franco poi lo avvicinò alle labbra per farlo tacere

«Shhh...Prima volevo dirti una cosa. Oggi quando ti ho visto in azione, mi hai veramente emozionata. Ho sentito delle vibrazioni fortissime. In ogni gesto, in ogni attimo non potevo fare a meno di fissare il tuo sguardo. Tu non sei solo un regista, non sei solo un produttore, tu sei un uomo...un uomo vero. Sicuro, forte, deciso. Sei tutto quello di cui una donna ha bisogno. Non ha senso, lo so, ma sento di essere molto gelosa di quella che potrà averti. Sicuramente sai essere un ottimo amico, un compagno speciale e un amante... completo.»

Tolse le dita dalla bocca di Franco, bevve un sorso di champagne poi si avvicinò e lo baciò castamente.

«Scusami.»

«Prego.» disse Franco con voce strozzata

«Che cosa volevi dirmi?»

«Io? Niente, volevo prendere un bicchier d'acqua perché Antonio durante la notte ha delle apnee improvvise.»

«La cucina è di là.»

«Grazie, questa casa è così grande. Via, vado a letto perché domani sicuramente ci sarà da fare. Un nuovo piano da studiare? Chissà!»

Franco senza mai voltarle le spalle lasciò la stanza. Da una porta dietro Maria, Al entrò nel salone, si avvicinò, e dopo averla fissata con sguardo severo, abbozzò un mezzo sorriso e la baciò appassionatamente come se volesse rivendicare una sua proprietà, demarcare un suo confine, delimitare il proprio territorio. Del resto l'essere umano è un animale.

Ma quel bacio suggellava anche il loro accordo. Spiegava che la loro intesa era totale e che tutto stava andando secondo i piani. Adesso non si trattava che di aspettare.

Lo spettro dell'eredità all'orfanotrofio si era allontanato molto quella sera.

8

PROVIDENCE

La sede del dipartimento di polizia più importante di tutto il Rhode Island, era stata inaugurata pochi mesi prima.

Un maestoso edificio in vetro dove nel piazzale sventolavano gloriose e alte la bandiera degli Stati Uniti d'America e quella dello Stato. In questo centro di comando erano state concentrate tutte le forze di polizia di Providence e tutti i vari uffici sia d'investigazione che di repressione del crimine. Gli uffici, da quello del procuratore a quelli dei vari commissari e funzionari, erano nei piani alti, esposti a sud. I laboratori qualche piano più sotto.

Nel lungo corridoio, dopo le aule dove gli agenti venivano addestrati o dove si tenevano briefing conoscitivi, c'era l'ala dedicata alla scientifica. Il tenente Kevin Murray assieme ai suoi uomini era lì per cercare di analizzare con gli esperti le dinamiche di quella rocambolesca, incredibile e rapida rapina.

Seduto davanti al computer con una spolverina bianca, c'era un agente specializzato in informatica e sistemi di sicurezza. Sul monitor stavano scorrendo le immagini del circuito di videosorveglianza della banca.

«Ecco vede tenente, il timer si ferma qui, due minuti prima dell'entrata in azione del commando. Tutte le videocamere sono state disattivate da un comando remoto.»

«E i testimoni?» chiese speranzoso Murray

«Nessuno! O meglio, si rifiutano di collaborare, hanno paura è chiaro.» rispose la vice togliendogli quell'unica illusione. «Non ci resta che sperare nella pellicola all'interno della cinepresa.»

«I ragazzi del laboratorio hanno detto che si tratta di una pellicola vecchia e usurata e hanno già provveduto a spedirla a Boston. E' un pezzo piccolo, ci saranno si o no dieci secondi di girato. Chiaramente serviva da copertura, non farei troppo affidamento su quello.»

«Ci sono sempre gli ostaggi no? Almeno loro hanno fornito un identikit?»

«Anche la donna è sotto shock. Dice di non ricordarsi niente.»

«La guardia?»

«Da quando ha perso conoscenza buio totale. L'unica cosa è che gli è tornata in mente è che uno di loro, gli si era avvicinato. Poi l'hanno stordito. Non abbiamo niente in mano.»

«Cavolo ragazzi però anche voi, mettete ottimismo negli altri! Date proprio una sferzata di positività a queste indagini.»

«Ma tenente cosa dovremmo fare, mentirle?»

«Non dico mentire ma cazzo, datemi un minimo di speranza no!»

Il tenente Murray uscì dalla stanza sbattendo la porta dietro di se e s'incamminò verso il suo ufficio.

La sua vice, che era con lui sin dai tempi dall'accademia di polizia a quel punto cercò di rassicurare il giovane tecnico.

«Non ce l'ha con te tranquillo. Non te la prendere Michael tu sei nuovo ma sono anni che sta dietro al clan Jabroni e ora che è morto il vecchio boss, sperava di incastrarli definitivamente. Ma non ci sono state faide, questi bastardi hanno fatto tutto in modo limpido, pulito. Questa rapina è l'unica speranza che gli resta.»

Per strada tutto scorre tranquillo. Questa fu una delle prime città industriali degli Stati Uniti ed era nota per la lavorazione dell'argento e dei gioielli. Il centro, nonostante la crisi, pullulava di turisti che lungo il corso del fiume scattavano foto e consumavano fugaci pranzi. La Mustang nera di Vinnie e Sonny percorreva le strade. I commercianti dei chiostri, quando li vedevano passare pregavano.

Pregavano che non si fermassero proprio da loro.

Non oggi almeno.

Il fatto di dover pagare la protezione ormai era una tassa, come tante altre, ma con il crescere dei balzelli, si sperava che almeno questo "stato privato" chiudesse un occhio. Nessuno si opponeva, nessuno parlava.

Quella grande comunità di italo americani era legata a filo doppio con le vicende del vecchio Jack. In passato aveva garantito per loro.

Aveva anticipato qualche migliaio di dollari per aprire un'attività o aveva coperto qualche cambiale in tempi peggiori.

Se non fosse stato per i tassi usurai e per i modi non ortodossi di molti dei suoi uomini, sarebbe quasi sembrato un benefattore.

Sui sedili posteriori della Mustang c'erano Antonio e Franco, stretti e ripiegati come sardine in scatola. Fecero un paio di soste. Alla caffetteria davanti al Kennedy Plaza e all'edicola in fondo alla piazza dei giardini. Furono veloci, erano pagamenti stabiliti. Antonio osservò attentamente la scena terrorizzato dal possibile arrivo della polizia. Vinnie e Sonny scendevano, arrivavano dal negoziante, questi consegnava loro una busta e se ne tornavano in macchina in meno di cinque minuti. Una volta in macchina, Vinnie contava i soldi e li consegnava ad Antonio. Franco era stato preciso. Lui i soldi non li voleva toccare.

Franco non tradiva una minima emozione. Per lui era come stare sul set di un film. Doveva solo stare seduto. Sonny e Vinnie facevano il lavoro sporco. Maria con quel bacio gli aveva tolto tutti i dubbi. Lui voleva restare in America. Dove l'avrebbe trovata una donna come lei? Nel loro giro giornaliero si soffermarono davanti al negozio d'elettrodomestici, dove si trovavano quando li raggiunse la notizia dell'aggravamento dello zio Jack.

Sonny girò la chiave per spengere la macchina, guardò per strada, osservò l'ingresso del negozio e poi guardando Antonio e Franco dallo specchietto retrovisore disse: «Allora voi state qui che noi andiamo a fare questa riscossione un po' difficoltosa e poi andiamo a casa ok?»

«Penso che sia meglio che io resti con loro qui fuori, sai sono nuovi non vorrei gli accadesse qualcosa.» disse Vinnie

«Non ci provare» riprese il suo amico «forza scendi tocca a noi due.»

Franco afferrò Vinnie per un braccio mentre stava per uscire dalla macchina e gli disse: «Ragazzi, vi chiedo una cortesia personale, cercate di non usare la violenza ok?»

Vinnie annuì lentamente e poi rispose: «A noi lo vieni a dire?»

I due entrarono nel locale. Un mini discount di elettronica, tv color, computer, impianti hi-fi. Tutto era molto ordinato.

Lo spazio era veramente poco ma ogni cosa era divisa per settori. Su tutta la lunghezza della parete erano esposti i tv color di ultima generazione che rimandavano le partite del superbowl. La cassa era in fondo dalla parte opposta dell'ingresso proprio accanto alla vetrina con la scritta in neon che era stata mandata in frantumi.

C'era solo un cliente, Sonny e Vinnie attesero che questo uscisse poi si diressero verso il titolare:

«Senti» gli disse Sonny «il tempo a tua disposizione è scaduto, ora, o ci paghi oppure questa volta ti spacchiamo tutto» poi si rivolse verso il suo socio che era rimasto davanti all'ingresso «Procedi!»

Vinnie si guardò attorno e in mezzo a tanti elettrodomestici da scegliere prese in mano una confezione di dvd vergini e li buttò a terra

« Ci siamo capiti?» disse.

Il padrone del negozio, un uomo grande quanto i due scagnozzi assieme, venne fuori dal bancone.

Sonny indietreggiò leggermente ma non gli servì per scansare lo schiaffo a mano aperta che questo gli diresse sul viso. La potenza fu tale che Sonny per un secondo vacillò. Non fece in tempo a riprendere l'equilibrio che il titolare gli tirò un secondo ceffone e poi gli diede un calcio dritto sul culo. Vinnie, che era più vicino all'uscita, non si salvò comunque. Il tizio raccolse i dvd e glieli scaraventò tra il collo e la schiena. I due uscirono ma caddero rovinosamente sull'asfalto.

«La prossima volta mi raccomando portate l'esercito come rinforzi oppure non fatevi più vedere sono stato chiaro?»

Vinnie e Sonny si alzarono da terra e subito controllarono se dalla loro auto parcheggiata, Antonio e Franco avessero assistito alla loro figura penosa. Fortunatamente un camion dei traslochi si era fermato proprio davanti alla Mustang.

«E ora a Frank cosa gli raccontiamo? Che gli diciamo ad Antonio? Che ci siamo fatti picchiare?»

«Hai ragione Vinnie e come facciamo… quello non ci ha dato un dollaro.»

«Sento se ci presta cento dollari così per non fare brutta figura?»

«Sei veramente cretino! Senti facciamo così, quanto hai tu in tasca?»

«Centocinquanta dollari per pagare la TV via cavo a mia madre.»

«E con i miei duecento sono trecentocinquanta dollari»

«Dammeli facciamo finta di aver riscosso.»

Raccolto l'obolo Sonny si diresse verso Frank.

«Ragazzi!» lo fermò Antonio «Mi sembrava che Frank fosse stato chiaro ieri no? Lui non tocca soldi quindi questi li prendo in carico io.»

«Bravo Antonio e bravi ragazzi. Avete fatto un ottimo lavoro. Siete stati buoni con lui?»

«Certo, un po' di violenza l'abbiamo dovuta usare ma siamo stati clementi vero Vinnie?»

«Sicuramente più di quanto sarà mia madre con me!» Sonny mise in moto l'auto e disse: «Andiamo, Al e Maria ci stanno aspettando.»

«Sarà una bella serata!»

Rapidamente uscì dal parcheggio e si diresse verso la zona nord per prendere l'autostrada che collegava il Rhode Island al Massachusetts. Vinnie, seduto accanto al conducente, dallo specchietto sul suo sportello scorse la figura del titolare del negozio che li aveva pestati che era ancora fuori con le braccia conserte in segno di sfida. Sfida che Vinnie preferì intelligentemente ignorare.

9

GIOCO D'AZZARDO

L'autostrada novantacinque a quell'ora del pomeriggio era un vero incanto per gli occhi. Se nel tratto che va da New York a Providence sembrava duettare con la bellezza della baia di fronte a Long Island, a nord, iniziava ad essere circondata solo da laghi, fiumi e distese boschive.

Durante le lunghe gelate invernali si aveva la sensazione di essere isolati dal mondo. Potevano passare decine di minuti senza incontrare un segno di civiltà. D'estate questa sensazione di desolazione, si trasformava in un viaggio rilassante e tonificante.

Dove la "i95 highway interstate" varcava i confini del Massachusetts, veniva accolta dal silenzioso Borderland State Park e dalle sue distese d'acqua.

L'asfalto quasi nero proseguiva regolare fino all'ingresso nella civiltà: Boston.

Ad est, zona popolare della città, c'era un colle che si chiamava Orient Heights e che fu la destinazione dei primi immigranti italiani. Dopo Orient Heights, il North End era la zona con molti ristoranti che si confaceva di più col concetto di una "Piccola Italia" anche se, la vita culinaria ultimamente, era diventata più variata e diffusa in tutta la città, soprattutto nei quartieri benestanti di Back Bay e del South End.

Questa zona si era tramutata molto negli ultimi anni. I piccoli palazzi della "old town" erano stati abbattuti quasi tutti. Al loro posto si sviluppavano enormi spianate ricche di parchi lussureggianti, ponti dalle geometrie moderne e piccole barche a vela.

Niente a che vedere insomma, con gli scenari gotici raccontati dal suo più illustre cittadino.

Del resto, l'epoca di Poe era ormai remota. Le tracce del passato, in queste metropoli, svaniscono alla svelta e le poche che restano, come la lapide in ferro sul muro della sua casa natale, finiscono per stonare con quei grattacieli che svettavano maestosi proprio là davanti.

In uno di questi era stato inaugurato da pochi mesi il Boston Big Casino, opulente e ridondante tempio del gioco d'azzardo. Tutto l'arredamento si rifaceva a due unici colori: il rosso e il nero.

In quel tempio pagano erano anche i simboli della fortuna e della miseria di tanti dannati che si accalcavano alle porte d'ingresso in attesa dell'apertura.

L'atrio del casino era un'enorme distesa di slot machine. Viste dall'alto, dagli ascensori panoramici, sembravano tanti soldati sugli attenti. Un plotone in attesa di essere passato in rassegna.

In fondo a questo schieramento, regnava maestoso un monitor con la cifra del Jackpot.

Al piano di sopra si accedeva tramite uno dei dieci ascensori in vetro e marmo, oppure dalle 6 scale mobili con i gradini colorati in modo alternato dei soliti due colori del gioco.

Si accedeva a un open space con tutte le pareti in vetro. La vista sulla città era totale.

Riuscivi a dominare Boston a 360 gradi.

In giro per il mondo esistono aeroporti più piccoli di quello spazio.

Questa era la zona dei giocatori veri.

Di sera l'afflusso era continuo e ai tavoli della roulette e del Black Jack, capitava a volte di non riuscire a prendere posto.

Al ne aveva uno fisso e tutte le sere, che arrivasse o meno, quel posto lo attendeva.

Una volta si racconta che un giovane e promettente ragazzo della Silicon Valley, uno di quei ventenni d'oro che con il blog giusto aveva fatto i milioni, avesse ignorato il consiglio del croupier di non occupare quel posto. Lui, infatti, spavaldo non lo ascoltò.

Dopo qualche decina di minuti Al e i suoi uomini fecero il loro ingresso nel casino.

Quando vide che quel posto era occupato non si scompose. Bisbigliò qualcosa all'orecchio di Sonny e poi uscirono. Dal giorno dopo nessuno, in quel casino, vide più il croupier.

Anche il ragazzo, coincidenza, non fece ritorno a casa. Nemmeno la sera dopo. E neppure quella dopo ancora.

Quella sera Al e i ragazzi erano arrivati un po' prima. Attraversarono tutta l'area costeggiando la vetrata di sinistra e raggiunsero il tavolo. Sal rimase agli ascensori con un addetto alla sicurezza, un suo cugino che proprio lui aveva messo lì a lavorare. Gli altri, compresa Maria, stavano con Al, sorseggiando un drink.

La sala era piena di abitué e a quel tavolo non c'era posto per turisti o visitatori occasionali.

A quella ruota si giocava sul serio e sul serio si doveva essere disposti a perdere, o quanto meno a non vincere. Se Al vinceva si perdeva, se Al non vinceva, nessuno vinceva.

Del resto il casino in gran parte era stato finanziato dai traffici dello zio Jack e soprattutto dal risarcimento che gli pagò il boss della famiglia Santorsola, dopo che per sbaglio gli aveva fatto fuori un cugino di primo grado. Certi errori o si pagano con il sangue o col vil denaro. E Jack, che non era uno sprovveduto, preferì il denaro a faide con relativa pubblicità indesiderata.

Sonny si fermò con l'auto davanti all'ingresso principale, tutti scesero. Consegnò le chiavi dell'auto e venti dollari al ragazzo che lavorava li fuori. Il giovane era la prima volta che vedeva Sonny di persona. Si tolse il cappello in segno di riconoscimento e poi andò a parcheggiare la Mustang nel sottosuolo nei garage riservati.

Questo era un altro piccolo privilegio. Li aveva fatti costruire il vecchio. Una volta un suo amico fraterno era stato fatto saltare con tutta la sua auto e la relativa scorta mentre usciva dal suo casino preferito. Che beffa morire in un posto dove si recava per divertirsi. Per ridurre a nulle le possibilità di un attentato, aveva fatto adibire completamente un piano per le vetture della famiglia. Vi si accedeva solo con le auto che avevano un telecomando apposito.

Entrando nella sala delle slot Franco rimase affascinato dal quel formicaio di persone, da tutto quell'acciaio che rispecchiava le luci.

Poi salirono al piano di sopra con l'ascensore panoramico. Antonio guardava tutto estasiato. Era quello il lusso che aveva sempre sognato.

«Venite» disse Vinnie «da questa parte.»

Lui e Sonny li accompagnarono per la sala, quasi scortandoli, verso il tavolo di Al.

«Frank!» gridò Maria appena lo vide.

Lui si voltò nella direzione di quella voce e appena la vide, si staccò dal suo gruppetto con passo più affrettato. Al si alzò in piedi e fece un ampio gesto con il braccio in segno di saluto. Assieme a lui, con fare frettoloso e un po' scomposto, si alzarono anche le tre ragazze che gli stavano di fianco.

«Che belli che siete» disse Al ammirando il restyling di Antonio e Franco «tuo zio sarebbe...»

«Veramente orgoglioso di me, si lo so» finì la frase Franco. «Avvocato» proseguì Al «vorrei presentarle queste amiche, tre stagiste molto pratiche di diritto. Barbara, Samantha e Sandy.»

Truccate in modo volgare, acconciate da sembrare delle icone della disco-music di fine anni ottanta, con un modo sguaiato di ridere e di muoversi che dava completezza a tutto.

Le tre avevano tutto l'aspetto delle prostitute di strada più che delle neolaureande.

Antonio si sfregò la mano destra sui pantaloni come per asciugarla dal sudore poi si presentò:

«Piacere, molto piacere Avvocato Antonio Verdi...Anthony Greens».

Negli stessi momenti Maria si avvicinò a Franco e gli disse:

«Senti Frank io non ho più voglia di stare qui. Il gioco mi annoia e stasera non ho mai vinto una volta.»

«Beh, sfortunata al gioco...»

«Avrei voglia di una cenetta, però non qui, c'è troppa gente, troppo caos, troppa luce.»

«Conosci un posticino tranquillo?» chiese Franco «Certo!» rispose Maria «Conosco un posticino supertranquillo, però dobbiamo tornare a Providence, ti scoccia? Vorresti essere il mio cavaliere?»

«Certo. Mia donzella. Ho barattato il cavallo con una bellissima Moustang vintage, spero non ti dispiaccia.»

«Certo che no.»

Franco e Maria, seguiti da Sonny, si diressero verso l'uscita.

Sal che nel frattempo si era accomodato al bar, si alzò dallo sgabello e li raggiunse in tutta fretta. Al bancone rimase un unico silente osservatore: il tenente Kevin Murray che da quella posizione privilegiata, aveva osservato tutta la scena, ogni movimento. Non sapeva ancora chi fosse quel goffo italiano che portava sotto braccio la femme fatale della famiglia Jabroni, ma sicuramente lo avrebbe scoperto presto.

Antonio aveva preso posto accanto ad Al. Barbara e Sandy sedute accanto a lui.

Samantha se ne stava dietro ad Al, massaggiandogli delicatamente il collo.

«Rien ne va plus» disse il croupier. Lanciò la pallina che dopo un po' di giri, interruppe il suo moto sul numero puntato dall'avvocato.

«Sento di aver trovato la mia dea bendata, dai Barbara, dimmi quale numero devo puntare.»

Barbara chiuse gli occhi come per cercare l'ispirazione, poi disse con tono sicuro «Diciannove, punta il diciannove.»

«E il diciannove sia!» disse Antonio mentre poneva un grattacielo di fiches su quel numero.

Davanti a lui stava seduto un vecchio mandriano texano con il suo bel cappello a tesa larga color ecru. Non era accompagnato da tre belle ed equivoche ragazze, ma da una brutta quanto grinzosa vecchia donna. Vecchia come l'odore che emanava il suo vestitino azzurro, purtroppo per gli astanti, quasi trasparente.

Il mandriano fissò Antonio e poi mise una pila di fiches sul numero quattordici. Quando la pallina si fermò e la ruota finì di girare «Quatorze rouge» gridò il croupier «Quattordici rosso.»

Il mandriano appoggiò sul bordo del tavolo il sigaro che teneva in mano e riscosse la vincita. Antonio si voltò verso Sandy: «Sento che finalmente ho trovato la mia dea bendata, dai Sandy dimmi quale numero devo puntare?»

«Nove» disse Sandy senza neanche interpellare gli astri. Antonio questa volta era certo di non sbagliare:

«Se lo senti te, lo sento anch'io.»

L'ultima pila di fiches fu allungata sul nove. Il texano attese la puntata e poi fece il suo gioco scommettendo sull'undici. Imperterrito e glaciale arrivò il verdetto:

«Onze noir, undici nero.»

La rugosa compagna, per la gioia, baciò appassionatamente il suo compagno. Antonio, amareggiato per la perdita e schifato per la scena esclamò:

«Che fortuna!»

Vinnie, che da dietro lo sorvegliava, si abbassò e gli disse:

«Avvocato, se vuole io mi occupo dell'uomo e Joe le porta in camera la vecchia.»

Al, che nel frattempo si era allontanato con Samantha, si avvicinò a sua volta ad Antonio dicendogli: «Caro avvocato, noi ce ne andiamo. Vinnie e Joe restano con te così sei più tranquillo.»

«Tranquillissimo!»

Appoggiato al bancone del bar Kevin attese che Al si dileguasse da un'uscita posteriore e poi decise di uscire.

Scese al piano terra. Fuori dalla porta un suo uomo in borghese gli disse: «Hanno preso la direzione di Providence. L'auto 19 li segue a debita distanza»

«Bene» disse il tenente Murray «allora li seguo anche io. Di pure a Larry che mi chiami se nota qualcosa di strano e di aggiornarmi se cambiano direzione.»

«Ok tenente» disse il poliziotto.

Il viaggio di ritorno per Maria e Franco fu un lungo, lunghissimo preludio al poter restare finalmente soli. Parlarono molto, soprattutto Franco. Raccontava della sua bella Italia, di Firenze, del mare, del suo lavoro e della Sicilia. La terra dello zio Jack, la sua terra d'origine. Di quanto fosse bello, in estate da piccolo, andare con i suoi a trovare i parenti. Le arance, il pesce, appena pescato le feste paesane. Gesticolava, come solo gli italiani sanno fare. Maria lo guardava sorridendo di tanto in tanto per compiacerlo.

In quei 50 minuti di tragitto Sal, che stava alla guida, sembrava l'unico veramente interessato ai racconti di Franco e della sua Italia. Del resto lui era nato in America e in quegli aneddoti rivedeva tanti momenti narrati dai propri nonni.

Arrivarono all'Al Forno, storico ristorante italiano della Back Bay, davanti al porto. Sal rimase fuori, in macchina. Loro si accomodarono in un bellissimo tavolo, pieno di bicchieri e candele.

Alle pareti c'era un'intera collezione di strumenti da macellaio antichi. Un ambiente sofisticatamente casalingo. Mentre sorseggiavano un aperitivo, rigorosamente alcolico, Franco continuava i suoi racconti: « ...e quando abbiamo finito di fare le riprese, ci siamo accorti che non avevamo registrato niente!» «Ah ah ah» rise Maria «o mio Dio Frank, mi immagino la sua faccia.»

«Perché non hai visto la mia!»

«Beh, mi basta vederla adesso» rispose Maria cambiando tono «anche se più giorni passano e più diventa difficile riuscire a guardarti negli occhi.» Posò il suo calice e strinse leggermente la mano del suo cavaliere.

In quell'istante al tavolo arrivò la cameriera. Lo sguardo di Franco era totalmente rapito dall'erotismo della sua musa tanto da non rivolgere una minima attenzione all'inserviente.

«I signori vogliono ordinare?» chiese lei

«Per me una sauté di frutti di mare» disse Maria

«Anche per me» ricalcò Franco

«E da bere?»

«Champagne.»

«Magari della casa» disse Franco preoccupato dall'ambiente e quindi dai prezzi.

«Mi sa che non ne abbiamo.»

«Non avete champagne della casa?» Franco distolse finalmente lo sguardo dalla sua compagna e notò che la cameriera era Grace, la ragazza che lo aveva investito e che lo aveva riaccompagnato alla villa.

«No ma non mi dire! Che combinazione, ma tu lavori qui? Maria, scusami posso presentarti...»

Grace, stupita a sua volta della strana combinazione, dando la mano a Maria si presentò: «Grace, molto lieta.»

«Salve piacere mio» rispose l'altra con tono distaccato.

«Sai Maria, l'altra sera dopo....ehm...dopo» traccheggiò Franco rendendosi conto di non poter dire dopo quale fatto avesse conosciuto Grace «...dopo poi te lo spiego.»

Il cellulare di Maria in quel momento iniziò a squillare

«Scusate un attimo» disse allontanandosi per rispondere alla chiamata.

«Vai tesoro, però non tardare.» Grace seguì la camminata di Maria e poi rivolta a Franco disse: «Complimenti, che donna di classe»

«Si è la ex donna di mio zio, o meglio mio zio, quello da cui ho ereditato la casa di produzioni è morto no? E quindi...»

«e quindi lei ha scelto il nipote.»

«Brava! Comunque ancora grazie per il passaggio dell'altra sera.»

Dalla cucina suonarono due campanellini «Ups...» disse Grace «scusami ma hanno suonato due volte, questa sono io. Vado in cucina così porto anche le vostre ordinazioni.»

«Vai cara, vai pure a lavoro» mentre finì di sorseggiare il suo aperitivo Franco si accorse che una donna con il volto simile a un'iguana lo stava fissando: «Brutta!» esclamò.

Nel tornare composto al suo posto, fece cadere dal tavolo una forchetta e il tovagliolo. Nel preciso istante in cui si chinò per raccoglierli, il tenente Murray che nel frattempo aveva raggiunto Providence, fece il suo ingresso nel ristorante, con lo sguardo del professionista scannerizzò la sala cercando di individuare Franco e Maria.

Il primo era piegato per recuperare le posate, l'altra era vicino alla cucina. Kevin, deluso, chiuse la porta, prese la radio e disse: «Larry, mi sa che la tua segnalazione era sbagliata. Adesso cerco qui intorno» e continuò a cercare nei locali vicini.

Grace nel frattempo stava appoggiata al piano d'appoggio della cucina in attesa dei suoi ordini. A un tratto, senza volere, fece caso alle parole che Maria pronunciava al telefono poco distante da lei:
«E' tutto apposto Al, stai tranquillo, il cretino è già cotto quasi al punto giusto. Stai tranquillo che quando avrò finito con lui vorrà restare a Providence. E' un vero idiota, è sicuro che io sia innamorata di lui…adesso mi sta facendo dei segni dal tavolo, dai lo raggiungo ci sentiamo dopo ok? Aspettami sveglio Al.»
Anche se non conosceva il resto, Grace era sicura di aver recepito bene il messaggio: Franco era in pericolo. Maria tornò al tavolo sempre con il suo passo da gattina in amore. Grace non sapendo come fare per avvisarlo, decise di mettersi in una posizione dalla quale lui

potesse vederla e iniziare a fargli dei gesti per fargli capire di chiamarla.

Franco notò Grace e sorrise. Pensava di aver fatto colpo e che quella giovane cameriera volesse cercare di concupirlo.

Maria si accomodò al tavolo e notò il sorriso di Franco

«Che c'è?» chiese.

«Niente» rispose lui pavoneggiandosi ancora un po' «questione di fascino latino, piccola.»

«Quando mi chiami piccola mi fai sentire così...vulnerabile, rapita. Sei tutto quello che ho sempre desiderato da un uomo. Se solo non volessi tornare in Italia.»

«Chi? Io? Se tornassi in Italia senza di te mancherebbe qualcosa. Sarebbe come se a Roma levassero il Colosseo, a Firenze il Ponte Vecchio o l'acqua a Venezia.»

«Come sei romantico, allora resti?» chiese Maria mentre si avvicinava verso la sua vittima.

«Per sempre» sospirò Franco stregato dallo sguardo, dalle labbra e ancor più dal decolté della donna. Grace osservò tutto dalla finestrella da cui si passano le pietanze dalla cucina alla sala e capì che il suo tentativo era stato inutile. Forse non avrebbe potuto fare altro per impedire che quel qualcosa, non meglio precisato, avvenisse. Allora decise di servire le portate a modo suo. Portò le due sauté di frutti di mare. Le cozze e i gamberi nel piatto di Franco erano sistemati per comporre una frase molto chiara "CALL ME". Lui, ormai nell'estasi d'amore, non lo notò neanche. Maria gli sussurrò qualcosa all'orecchio. Improvvisamente i due si alzarono, Franco si frugò in tasca, lasciò sul tavolo due fogli da cinquanta dollari e mano per la mano con Maria lasciò il ristorante. I tentativi di Grace erano stati inutili e adesso, anche finiti.

Fu una notte d'indimenticabili bagordi. Passarono qualche ora in una discoteca al 48esimo piano di un grattacielo poco distante. Uno di quei locali con piscina dove tutto e tutti sono al riparo da occhi indiscreti. Franco ne era certo. In mezzo a quei clienti dovevano esserci molti vip. Era quello che aveva sempre sognato, un party Hollywoodiano, anche se si trovava sulla costa opposta. Bevve tanto quella notte. Maria gli presentò un sacco di persone:

«Questo è un buon amico di Al» diceva a tutti «lui è Frank, Frank Jabroni il nipote di Jack».

Franco percepiva che l'onore e la stima che tutti avevano del vecchio zio, era una sorta di lasciapassare.

«Benvenuto a Providence. Per qualsiasi bisogno, non esiti a chiamarmi».

Sembrava un copione. Avvocati, medici, industriali. Perfino un giudice. Franco era gonfio d'orgoglio.

Ballarono molto a bordo di quella piscina. Tutte le volte che si avvicinava a Maria per baciarla, lei gli poggiava il calice sulle labbra e lo faceva bere. Bevve tanto Franco. Anche in auto, dopo il party, mentre l'autista osservava, non fece altro che brindare. Il suo grado alcolico era inversamente proporzionale al totale stato di sobrietà di Maria. Era chiaro, lo faceva bere, per renderlo innocuo. Aveva chiesto ad Al di aspettarla sveglia e quindi doveva sbrigarsi a mettere Franco fuori combattimento.

Per l'italiano l'emozione di trovarsi a vivere il suo sogno era tale, che riuscì a restare vigile più delle sue umane possibilità. Albeggiava e dopo un ennesimo giro fatto nei vari pub, ricostruiti come nella vecchia Inghilterra, Franco si sedette su una panchina davanti al porto e collassò. Joe e Sonny lo raccolsero come un sacco di patate e lo caricarono in auto, sdraiato sui sedili posteriori. Era la seconda volta in pochi giorni che viaggiava disteso e stavolta anche privo di conoscenza.

Arrivati alla villa Sonny, con un paio di schiaffetti e un po' di acqua fredda, lo rimise in sesto. Franco e Maria salirono la scalinata che li portava alle camere. Maria aprì la propria stanza e si soffermò un istante sulla soglia. Disse a Franco:

«Grazie.»

«Prego.» rispose lui ancora visibilmente alticcio «Volevo dirti grazie per la serata, grazie per le sensazioni, grazie per esserti comportato da vero gentleman.»

«Grazie a te di avermi fatto conoscere questa bellissima città, questa città è bella come te. Che faccio, entro?» chiese con tono da piacione.

«Forse è meglio aspettare» lo bloccò con la mano in quella che sembrava una lenta avanzata.

«Vaaa benissimo! Anche perché ho bevuto un pochino stasera e quindi…anzi.»

Non fece in tempo a finire la frase che Maria lo baciò appassionatamente. Poi entrò nella sua stanza e chiuse la porta. Franco rimase li, immobile, poi dopo qualche attimo riaprì gli occhi

« Cin Cin! Wow…e allora vi canteremo: Strangers in the night, exchanging glances wond'ring in the night what were the chances.»

Cantando e barcollando arrivò davanti alla porta della sua stanza. La aprì e all'interno vide Antonio che sul proprio letto stava fumando una sigaretta

«E' fatta» disse Franco.

«Cosa?»

«No cosa, ma chi! Maria dico, è innamorata di me e io di lei.»

«Ottimo allora è tutto risolto»

«Chiaro! Puoi chiamarmi Mr. Jabroni e tra qualche giorno potrai chiamare lei Mrs. Jabroni, Maria Jabroni.»

Finendo l'autonomia del suo equilibrio, Franco barcollò in avanti in direzione della porta del bagno, cercò di aprire la maniglia della porta, ma non si aprì e quindi cadde sul suo letto poco distante. Antonio notando quanto l'amico fosse ubriaco disse: «Ma secondo te una donna come lei si può innamorare di un uomo come te? E poi in così poco tempo?»

«Che vuoi dire?» chiese Franco che stava buttato sul letto in diagonale «Voglio dire» riprese Antonio «che non vorrei che sotto ci fosse qualcosa di diverso.»

«Certo!» disse Franco mentre con un grande sforzo riuscì a voltarsi sempre rimanendo sdraiato «C'è un grande odore, anzi una grande puzza di gelosia! La tua è gelosia, ecco cosa c'è sotto!»

«Geloso? Smettila, non essere ridicolo Franco.»

«Franco? E chi è Franco? Io mi chiamo Frank, Frank Jabroni. Tutte le persone importanti di questa città mi stimano e mi rispettano!»

Con una mano si appoggiò alla maniglia del bagno per cercare di tirarsi su «Domani dobbiamo dirlo a Sonny, questa serratura non funziona.»

«Fossero questi i problemi» rispose Antonio «qui mi sembra che i problemi siano altri sa, caro Mr. Jabroni.»

«Sono un po' ubriaco ma riesco a capire che mi stai sfottendo!»

«Io? Nooo» aggiunse Antonio con tono ironico «si figuri Mr. Jabroni. Sa questa sera mentre lei era impegnato a spassarsela con la sua dolce metà, io ho avuto molto tempo...»

Antonio aprì il suo armadio e appoggiò sul letto il suo trolley mezzo pieno. Finì di riempire il bagaglio e poi riprese «...tempo per pensare, per capire, per ragionare. Tu in qualche bel ristorantino con una bellissima donna di classe, io con Sonny, Vinnie e i loro due neuroni, divisi anche con due stagiste. Mi dispiace caro Mr. Jabroni ma visto che te la cavi molto bene, anzi molto meglio senza di me, io prendo e ti saluto.»

Franco appoggiato alla parete incrociò le braccia e disse : «e dove pensi di andare senza di me?»

«Ovunque» replicò Antonio «ovunque mi porti il destino e la fortuna.»

In quel momento si aprì la porta del bagno. La vecchia rugosa che era nel casino con il mandriano, uscì dalla toilette rassettandosi un po'. Antonio la prese per mano e disse: «Andiamo darling...» poi rivolto a Franco proseguì «e se un giorno ti renderai conto di aver bisogno di un amico, oltre che di Mrs. labbra gonfie, allora chiama». Afferrò il trolley e uscì dalla stanza. Franco, sicuramente spiazzato osservando le gambe della donna disse:

«Meglio le labbra che le caviglie gonfie!»
In quel momento l'alcol prese il sopravvento e Franco ricadde sul letto, svenuto. L'indomani, oltre a sopportare il solito mal di testa tipico del day after, avrebbe dovuto capire se quello che aveva visto fosse stato un sogno o la realtà.

Franco aveva già lavorato con molti collaboratori e, a sua volta, era stato aiuto di alcuni registi affermati. Conosceva benissimo un certo tipo di dinamiche, anche se non le condivideva. Quel giorno al piazzale Michelangelo, Massimo, si era comportato come tanti altri prima di lui. Bruciava un po', certo, ma sapeva di non aver fatto niente neanche per evitare che accadesse. Forse il suo subconscio desiderava tutto questo per togliersi in un solo colpo un parassita come quello e un produttore che non avrebbe mai apprezzato il suo lavoro. Bruce era un milionario americano con dodici macellerie negli States e due grandi fattorie in Italia. Il suo lavoro era quello. Faceva il produttore cinematografico, lo sapevano tutti, solo per sfizio, solo per fare sesso con giovani attrici promettenti. Cioè che gliela promettevano.

Il rapporto con l'avvocato era un'altra cosa. Lui si che era un vero amico.

Antonio era cresciuto in una famiglia non agiata. I suoi genitori avevano sempre cercato di assecondare la sua voglia di studiare con enormi sforzi, soprattutto economici. Un figlio laureato era un trofeo da portare con orgoglio. Aveva diciotto cugini e nessuno aveva raggiunto questo traguardo. Non aveva né fratelli né sorelle, come Franco del resto.

Questo rendeva il loro legame ancora più forte.

Antonio non aveva un grande fisico, anzi, da piccolo sembrava quasi sottopeso ma era molto astuto. Quando erano adolescenti, facevano parte di una compagnia che spesso litigava con quella di un bar vicino al loro. Lui e Franco avevano rischiato spesso di prenderle di santa ragione ma l'avvocato, parlando, rimetteva tutto apposto.

Una volta al liceo Franco scrisse sul muro dei bagni un'offesa pesante contro la loro professoressa d'italiano. Quando il bidello lo riferì al preside, partì subito la sospensione.

Franco era disperato, suo padre era uno di quelli che picchiava con la cinghia.

Antonio andò in presidenza e dichiarò di essere stato lui a scrivere quella frase.

Certi gesti non si dimenticano. Per Franco lui era un mito, anche se conosceva tutti i suoi difetti.

Ammettere che quel viaggio in America fosse stato un fallimento avrebbe provocato troppo sconforto. Avrebbe significato doversi dire, per la prima volta, la schietta verità.

Quella fuga improvvisa era servita a evitare proprio questo. I bambini quando non vogliono ascoltare, si tappano gli orecchi e iniziano a urlare.

Antonio non poteva farlo ma avrebbe voluto. La sua carriera come legale non era mai partita. Le sue finanze, per quanto si sforzasse, erano disastrate.

Il suo ascensore sociale, immobile.

Vedendo Franco e Maria che uscivano mano per la mano da quel casinò, aveva già capito che presto sarebbe rimasto solo. Era geloso. La famiglia, chiamiamola così, lo avrebbe ostacolato o forse fatto fuori. Era l'unico che poteva intromettersi tra loro e Franco.

Le sue impronte erano su tutti quei soldi. Se fosse stato tutto una trappola?

Quella donna vecchia faceva schifo anche a lui ma in quel momento era la sua unica speranza di salvezza.

In quella stanza non era entrato il suo grande amico, quello non era Franco, era uno sconosciuto. I suoi discorsi, il suo modo di atteggiarsi, non fecero altro che rafforzare i suoi timori.

Antonio scese le scale in gran fretta, salutò Vinnie e Sonny che erano sull'atrio a fumare una sigaretta e si diresse verso il cancello. Fuori c'era un taxi che lo attendeva. Da buon gentleman fece prima accomodare la sua compagna e poi entrò nella vettura senza degnare più di uno sguardo la villa.

«I gusti son gusti» disse Sonny

«A proposito, chi l'ha sistemato il marito della signora?» chiese Vinnie

« Il cugino di Sal, penso.»

«Quanto aveva vinto?»

«Aveva vinto. Questo basta..

Buttarono i mozziconi nel posacenere a forma di cigno che stava vicino al campanello della porta e rientrarono. Vinnie attivò l'allarme e poi raggiunse Sonny sul divano del salone.

10

RAPIDA ASCESA

Il corridoio del piano di sopra era vuoto. Tutti si erano ritirati nelle proprie stanze. L'unico rumore che echeggiava ben distinto era quello della pioggerellina, fuori. Ad ascoltarlo bene ci si rendeva conto che proveniva invece da una camera, quella di Maria. Era il suono della doccia. Avvicinandosi di più si sentivano chiaramente anche due voci. La donna non era sola. Appoggiato al letto, Al, stava finendo di spogliarsi. Come tutti gli uomini d'onore, l'ordine e l'igiene erano due priorità, o forse è meglio dire due fissazioni. Le scarpe le aveva già tolte e posizionate perfettamente una di fianco all'altra perpendicolarmente alla porta d'ingresso. La giacca era sullo schienale della sedia, piegata come se fosse stata appena confezionata dal sarto. Nel riporre la camicia, superava se stesso. Dopo essersela tolta, la posizionava su una stampella in alto e la riabbottonava completamente. Polsini compresi. La cravatta l'aveva appoggiata sul cassettone. Sopra ci aveva messo un libro bello pesante, così non avrebbe preso brutte pieghe.

Qualsiasi psicologo avrebbe potuto scrivere un trattato sulle psicosi di Al. Dal bagno Maria disse:

«Insomma è andato tutto bene»

«Ma questa cameriera che mi hai detto che voleva? Non è che ci ha rovinato i piani? Non è che gli ha messo qualche dubbio? Come mai era li scusa?»

«Forse semplicemente perché faceva la cameriera in quel ristorante? Dai Al stai tranquillo...io in Italia senza di te? Sarei come Roma senza il Colosseo, come Firenze senza ponte Vecchio o come Venezia senza l'acqua...ah ah ah» rise fragorosamente Maria e poi aggiunse: «ma ti rendi conto che cretino? E a lui sembrava anche di essere romantico. Romantico poi, come se questo servisse a qualcosa, soprattutto con le donne. Sai Al a un certo punto mi ha fatto un po' pena, no pietà, ma pena. Ho pensato a quanto possa riuscire a diventare ridicolo un uomo senza midollo spinale come lui. E' bastato un sorriso, uno sguardo una speranza. Ce l'abbiamo fatta, i nostri sforzi sono stati ripagati. Che uomo che sei. Tu l'avevi detto: quando morirà il vecchio, incastriamo il nipote ed è fatta. Ci godiamo i soldi, la fama e la gloria.»

Maria in quel preciso istante entrò nella camera. Indossava della lingerie molto provocante, nera. Fece qualche passo, raggiunse il letto sul proprio lato e s'infilò sotto le lenzuola. Poi riprese a parlare:

«Tu sei un uomo incredibile, tu sei il mio unico uomo ma soprattutto...» in quel momento si voltò verso Al che giaceva tra le braccia di Morfeo «...stai dormendo chissà da quanto» concluse mestamente.

Spense la luce e si mise a dormire.

Quando i gatti dormono, i topi ballano. La notte era l'unico momento in cui Sonny e Vinnie potevano godersi un po' la villa e soprattutto i suoi agi. Soprattutto lo schermo 70 pollici 3D, oppure la nuova consolle con i videogiochi sulla mafia. Li utilizzavano più o meno come fanno i piloti con i simulatori di volo.

A quell'ora però c'erano da vedere i risultati del NFL. Erano stati fuori e si erano persi totalmente la giornata di football. Sonny pero', che aveva la passione della cucina, voleva vedere la replica del programma di ricette. Oggi, "Sabrina cucina", gli avrebbe insegnato a fare il cheese cake più buono del pianeta, così recitava la guida tv. In una serata simile litigarono per talmente tanto tempo su quale programma guardare, che quando trovarono un accordo, erano finiti entrambi.

A questo punto avevano deciso di fare in questo modo: fare zapping tra un canale e l'altro durante le innumerevoli pause pubblicitarie. Sonny si sarebbe perso qualche ingrediente, Vinnie qualche meta, ma almeno potevano starsene comodi spaparanzati su quei divani di pelle, senza litigare. La serata perfetta, chiamiamola così, fu interrotta bruscamente dall'arrivo di Sal, l'autista di Frank. Si sedette sulla poltrona di fianco alla televisione e, nello stile tipico della casa ovvero senza chiedere autorizzazioni, prese il telecomando e cambiò canale. Su NBC10 stava per iniziare l'ultima edizione del telegiornale. A Sonny quel gesto che ruppe la già fragile tregua tra lui e Vinnie lo mandò su tutte le furie. Si alzò prontamente, o quasi, dal divano e puntò il dito verso la faccia di Sal. Ma prima che iniziasse a inveire, Vinnie, lesse la striscia delle breaking news e disse: «Zitti, fermi, parlano di noi.»

Sonny si girò di scatto verso il televisore e come se fosse in rewind, tornò sul divano nella stessa posizione da cui era partito. Il conduttore di quel telegiornale di tarda sera era l'anchorman del canale, segno evidente che qualcosa di grosso bolliva in pentola. «...Ma fortunatamente dopo questa lunga ed estenuante lotta contro le fiamme, i vigili del fuoco sono riusciti a spengere l'incendio e a mettere in sicurezza l'intera centrale elettrica salvando anche la cittadinanza di Warwick da un sicuro black out. Torniamo ora a Providence e parliamo ancora di quella che ormai è stata definita la rapina del secolo. Ci sarebbero, infatti, degli sviluppi molto importanti e per questo ci colleghiamo subito con il nostro inviato che si trova nella sede del dipartimento di polizia.»

Nel collegamento si ebbe la conferma che c'era un grande fatto in corso. A quell'ora era veramente insolito vedere tutto quello spiegamento di forze. Soprattutto perché non si trattava di agenti, ma di personale degli uffici. Il numero degli impiegati era sempre il minimo indispensabile nel turno di notte e questo per cercare di tagliare i costi e lasciare più risorse per la lotta attiva al crimine. Keith Randall, giovane cronista d'assalto che aspirava presto a correre su canali nazionali, tradiva un po' di emozione nell'attesa di avere la parola. Il regista del collegamento fece un cenno a Keith e lui iniziò a parlare:

«Grazie Michael. Gli sviluppi, in effetti, ci sono e sono clamorosi. La polizia scientifica di Boston è riuscita a sviluppare un pezzo di pellicola che era presente all'interno della cinepresa lasciata davanti all'ingresso della "Providence Bank". Il filmato, pochi secondi, all'inizio sembrava inutilizzabile ai fini delle indagini, ma i tecnici specializzati assieme all'ufficio di Providence, sono riusciti con tecniche innovative a rendere il tutto molto nitido. Dal fermo immagine di un frame in particolare, dalla regia potete mandarlo in onda grazie, eccolo, sembra sia possibile risalire in modo rapido sia agli autori materiali che ai mandati di questo colpo che nel nostro Stato resta senza precedenti. Keith Randall, Providence.»

In quello che sembrava più una foto che un filmato, si vedeva chiaramente la faccia di Frank nel momento in cui la guardia davanti alla banca lo teneva per l'orecchio. Difatti, la smorfia di dolore, al primo impatto lo rendeva quasi irriconoscibile e restituiva al tempo stesso un ghigno crudele.

«Grazie Keith» riprese il giornalista dallo studio «Bene, a questo punto abbiamo ospite nei nostri studi il tenente Kevin Murray per spiegarci alcuni dettagli su questa identificazione.»

«Vai subito ad avvertire Al, corri Vinnie.»

Nello stesso momento in cui lui entrò nella stanza di Al, Frank uscì dalla sua. Era al telefono. Corse giù per le scale, attraversò il salone alle spalle di Sonny e Sal e uscì di casa. Frank faceva dieci passi, poi si fermava per ascoltare l'interlocutore, poi ogni volta che ricominciava a parlare faceva altri dieci passi. La telefonata era con Antonio e si era fatto molto animata: «Ma smettila Antonio e soprattutto forza, chiedimi scusa e amici come prima. Non pensi di dovermi chiedere scusa? Io? Ma povero illuso e poi per cosa dovrei chiederti scusa eh? Perché ho un fascino e rimorchio le donne più belle mentre ti fai i soliti cessi?»

In casa, intanto, Vinnie scese di corsa le scale e si mise impaziente, come quando si sta per assistere all'inizio di una partita, sul divano, teso verso la tv.

« Al?» chiese Sonny

«La guarda dalla camera. Quella di Maria però» proseguì Vinnie. Negli studi tv il tenente Murray era un po' a disagio. A lui non piaceva apparire, lui preferiva agire.

Cercò comunque di sembrare il più sereno e tranquillo possibile. Sapeva benissimo che con quel suo intervento, forse, i criminali si sarebbero potuti spaventare. Era una carta, una delle ultime e lui, aveva intenzione di giocarla.

«All'inizio non capivamo come e perché quella cinepresa fosse rimasta presente sul luogo della rapina. Abbiamo pensato a un falso indizio, a un modo per sviare le indagini. Quando ci siamo accorti che quella pochissima pellicola era stata utilizzata abbiamo capito che era il modo per farci sapere che dopo la scomparsa del vecchio Boss mafioso, adesso al vertice c'è un nuovo terribile, spietato e sanguinario capo: questo!»

La regia mise subito ancora una volta la faccia di Frank sugli schermi delle case di tutto lo Stato

« Avete già il nome?» chiese il giornalista

«No» rispose il tenente

«Ma pensiamo di riuscirci nelle prossime 12 al massimo 24 ore. Nel frattempo approfitto di questo vostro TG per fare un appello: chiunque vedesse quest'uomo puo' chiamare il nostro distretto e rimanendo anonimo segnalarci il luogo e l'orario dell'avvistamento. Abbiamo bisogno della collaborazione di ognuno di voi!»

«Grazie tenente Murray. Ricordiamo allora l'appello ma soprattutto ci preme porre l'accento sul fatto che quest'uomo potrebbe, anzi è sicuramente armato, e che è uno dei 10 criminali più ricercati di tutto il Rhode Island.»

Da quel preciso istante tutte le emittenti tv dello Stato iniziarono a mandare in onda quel fermo immagine e a riportare, come ultima notizia, che quello era uno dei dieci uomini più ricercati del Rhode Island. Il dolore di quegli attimi dava al volto di Frank, quasi un'espressione di cattiveria. Lo faceva veramente apparire come un crudele uomo di malavita.

Nella camera, intanto, Maria e Al erano nel letto con una coppa di champagne nelle mani e stavano brindando incrociando i calici.»

«Finalmente siamo ricchi!» esclamò Maria «No, ricchissimi» precisò Al «Adesso però, dobbiamo togliercelo dai piedi e alla svelta»

«Anche a questo ci penso io, te non ti preoccupare Al, anzi, Don Al.»

«Ho già un piano sai? Adesso però voglio farmi preparare qualcosa da mangiare che questa notizia mi ha messo un grande appetito.»

Nel frattempo, nella casa di un altro grosso malavitoso, la scena era quasi quella del salone di Villa Concetta. Quattro scagnozzi davanti alla tv. Appena videro la notizia, chiamarono il loro boss.

«Capo vieni a vedere!» Un uomo sulla sessantina, Mike Caponi, con delle enormi occhiaie sotto gli occhi e un fisico più prosciugato che asciutto, entrò nella stanza, guardò la tv e chiese «e questo chi minchia è?»

«E' il nemico pubblico n.°9. Non sanno ancora il nome. Sembra faccia parte del clan Jabroni.»

Il capo affranto aggiunse:

«No! Ero io il nemico pubblico n.°9. E ora cosa penseranno di me gli amici giù al circolo?» e cadde seduto sulla sedia.

«Dai capo, non fare così, vedrai che durerà poco» cercò di rassicurarlo un altro scagnozzo. Il boss chinò la testa, rassegnato:

«Ormai sono un criminale finito, da quando mi ha lasciato mia moglie sono iniziate tutte le mie disgrazie, sono un disgraziato.»

«Vogliamo organizzare un bell'omicidio così che torni in quota?» disse un altro scagnozzo.

«Fareste questo per me? Siete proprio dei bravi ragazzi!» rispose il padrino rincuorato.

Del resto, la vita di Mike Caponi, ultimamente aveva preso una brutta piega. La donna lo aveva tradito con un poliziotto e da allora viveva pieno di fobie. Gli altri mafiosi, le altre famiglie, lo prendevano in giro alle sue spalle ma lui lo aveva capito. Era diventato anche ipocondriaco. L'unica cosa su cui potesse ancora contare erano quei quattro uomini di fiducia e la sua reputazione fatta di vecchie rapine e poche estorsioni. Il vecchio Jack Jabroni lo aveva sempre lasciato fare. Non era un avversario. Non avrebbe mai avuto il coraggio di esserlo. Si sapeva accontentare. Questo era quello che contava di più e nessuno gli avrebbe mai fatto del male. Avere la fiducia o quanto meno il benestare del boss dei boss lo aveva reso incolume da qualsiasi lotta interna all'organizzazione. Del resto era un povero diavolo.

Il volere di Jack Jabroni era compiuto. Il patrimonio salvo. Quell'altro povero diavolo venuto apposta da

Firenze per essere usato come fantoccio, sistemato. Adesso c'era solo da concludere, metterlo a tacere. Se solo avesse voluto rientrare in patria. Adesso però la vita del boss gli piaceva. Non c'erano altre soluzioni. Farlo arrestare sarebbe stato un'onta per l'intera famiglia. Andava tolto di mezzo. Platealmente. Era un uomo di spettacolo. Doveva finire come in un film. Con i buoni che vincono e il cattivo che soccombe. Ma i buoni, nel lavoro della famiglia, avrebbero vinto solo apparentemente.

Oggi giorno non c'era bisogno di corrompere la polizia dall'interno. Bastava fargli credere di aver vinto per continuare indisturbati con i propri lavori.

Questo fu il pensiero di Al mentre Maria gli stava sopra intenta a pagarsi la propria parte di ricchezza.

11

FAMA

Con il calare del sole, la differenza tra i quartieri residenziali e quelli malfamati era ancora più netta.si notava dallo stato della manutenzione delle strade, dalla copiosa presenza di rifiuti nei cassonetti ma soprattutto dalle bande di teppistelli fatti di crack intenti a rubare pezzi di auto o a urinare sui muri. Quella notte Frank li stava attraversando tutti, indistintamente. Era passato dal tranquillo e pulito silenzio, al maleodorante caos. Camminava talmente assorto, che non si accorse neppure di essersi soffermato per diversi secondi, davanti all'abitazione di un suo idolo: Eddy Nelson. Franco da buon cinefilo, lo aveva visto in tutte le sue pellicole. Aveva un debole per il suo "Fantasma dell'Opera". La sua interpretazione di Anatole Garron lo aveva perfino ispirato. Era un attore cliché degli anni trenta. Recitava alla vecchia maniera. Era una casa stile coloniale, con tanto di staccionata e lampione di legno pitturato di bianco. Non passava certo inosservata, come del resto quel grande cartello che riportava la sua filmografia e qualche cenno biografico di quel figlio di Providence. Non vide niente e proseguì senza meta. Era ancora al telefono con Antonio, ignaro di quanto la sua vita in quei momenti stava cambiando. Aveva infranto, senza ne saperlo ne volerlo, una delle regole d'oro del buon malavitoso: "Tenere sempre un profilo basso. Non dare troppo nell'occhio. Restare nell'ombra.". Del resto in questo aveva avuto degli illustri predecessori. Al Capone tra tutti, che proprio per il suo voler apparire, finì poi per dover pagare tutte le sue colpe. Ma Frank non aveva colpe. Dopo una pausa più lunga del solito, nella quale Antonio stava parlando, Frank riprese a camminare e sbottò:

«Perché te stai bene a fare finta di essere un grande avvocato di successo in Italia? Otto anni fuori corso per prendere quella laurea, ma chi pensi d'essere eh? Io non mi diverto per nulla a fare il regista di spot putridi, matrimoni e anniversari di gente marcia! Io qui grazie a mio zio ho un nome, ho una posizione e un'azienda...e una famiglia» poi dopo un attimo di silenzio riprese «si e allora? Ma che c'entra se producono film o fanno rapine eh? Perché quelli che fanno i tuoi colleghi ai loro clienti non sono rapine? Fai come ti pare. Buona vita!»

Chiusa la conversazione realizzò di essere al bar davanti al negozio di elettrodomestici dove Sonny e Vinnie erano andati a riscuotere il pizzo. Il bar era aperto e per la calura estiva, insopportabile quella settimana, la gente riempiva ogni angolo, ogni tavolino.

«Alla faccia tua Antonio Verdi, mi faccio un bell'hamburger sai? » disse tra se e se.

Mise le mani in tasca per controllare il portafogli ma si accorse di non averlo preso. Iniziò una sorta di caccia al tesoro nelle altre tasche ma senza successo.

«Ecco, non ho preso nemmeno un soldo, e ora come faccio?»

Poi fissò il negozio di elettrodomestici e quella scritta al neon ormai semidistrutta. Nello sguardo gli si leggeva la soluzione. Proseguì il suo soliloquio

«Ora caro Antonio te lo faccio vedere io cosa vale chiamarsi Frank Jabroni.»

A quel punto si diresse con passo deciso verso il negozio. Entrò sbattendo forte la porta. Non c'era nemmeno un cliente. Il titolare, dall'altra parte, lo guardò stranito, ma non si scompose minimamente. Sapeva che a quell'ora spesso capitava qualche ubriaco. Frank lo fissò negli occhi e poi iniziò a camminare nella sua direzione. Il passo era simile a quello che precedeva il duello nei film western. Ridicolo. Si fermò davanti al bancone. Appoggiò le mani chiuse a pugno, petto in fuori e poi disse:

«Mi manda Frank, Frank Jabroni, sicuro che non avanziamo niente?»

Il grosso negoziante gli rispose:

«Certo! Sai i ragazzi l'altro giorno sono andati via troppo in fretta e non ce l'ho fatta a dargli tutto quello che avevo preparato per loro, posso darlo a te?»

«Certo, anzi, devi!»

«Sei nuovo vero?»

«Si e da oggi mi occupo di tutto io! Allora?» proseguì Frank spazientito «Mi dai quello che mi spetta o mi devo arrabbiare sul serio?»

Il titolare del negozio gli fece cenno di avvicinarsi a lui e quando Frank gli fu a meno di un palmo come per ascoltarlo, gli serrò l'orecchio in una morsa tra pollice e indice e iniziò a contorcerlo

«Oi, oi, oi!» iniziò a lamentarsi Frank «Ma perché ce l'avete tutti con il mio orecchio!»

«Allora, io pensavo di essere stato chiaro con quei due imbecilli ma visto che oggi c'è un nuovo cretino allora lo spiego anche a questo cretino. Vediamo se tra imbecilli e cretini riuscite a capire: io non ho più intenzione...»

In quel preciso istante con un timing degno di un film svizzero, su tutti i televisori esposti nel negozio, apparve il fermo immagine divulgato dalla polizia con due scritte in sovraimpressione che si alternavano "Il nuovo capo della famiglia mafiosa Jabroni" e "nemico pubblico n.°9". Frank era nella stessa posizione e con la stessa smorfia che aveva anche in quel momento. Il negoziante rivolse un attimo lo sguardo agli schermi poi, dopo un istante d'incredulità, iniziò a osservare come in una sorta di ping pong, lo schermo e la faccia che aveva davanti agli occhi. A un tratto, come per confrontarlo, alzò, sempre tenendolo per l'orecchio, il volto di Frank per avvicinarlo alla tv. A quel punto capì che era evidentemente la stessa persona. Non stava torcendo l'orecchio a uno scagnozzo qualsiasi ma al nuovo capo della mafia. Lasciò di scatto la presa come fanno i bambini quando sentono la mamma che grida "No!"

Indietreggiò leggermente, aprì la cassa e gli consegnò tutti i soldi. Poi spolverandogli un po' la giacca lo accompagnò alla porta con fare ossequioso. Poi per giustificarsi di quanto aveva fatto disse:

«Visto, io non...io non ho spiccioli ma non si preoccupi ai miei figli darò da mangiare un altro giorno oppure un altro mese. Lei prenda pure tutto e se le serve qualcosa per la sua casa o per quella della sua famiglia prenda pure ciò che vuole, un cellulare, un lettore mp3, un televisore, non faccia complimenti noi siamo sempre aperti e se siamo chiusi, apriamo per lei, o se preferisce, le do le chiavi e apre direttamente lei.»

Frank, ignaro del fatto che aveva scatenato questo cambio improvviso di comportamento, abbozzò un mezzo sorriso e uscì dal negozio in tuta fretta. Il negoziante dalla vetrina lo guardò allontanarsi. Lo vide attraversare la strada, farsi largo tra la gente ai tavolini ed entrare nel bar. A quel punto attese qualche attimo, poi corse nel retrobottega. Prese il telefono e compose il 911.

«Presto» disse al centralino «mi passi la polizia presto è urgente! Ho appena avvistato l'uomo che si vede al telegiornale!»

Frank intanto alla cassa del fast-food ordinò un cheeseburger, una bibita gelata e poi si mise con il suo vassoio su uno sgabello con quei tavoli rialzati di fianco. Mentre mangiava, lentamente, iniziò a vedere che la gente lo squadrava e che gli sguardi delle persone che incrociava, diventavano più insistenti.

«Visto caro Antonio? » disse con una sorta di compiacimento verso se stesso

«No è? Già! Non ci sei. Certo, comodo, tutte le volte non ci sei così puoi far finta di non vedere. Qui mi rispettano! E ora alla faccia tua mangio ancora. Cameriere! Mi porti un hamburger e una confezione gigante di patatine fritte, veloce!»

Il giovane cameriere del fast-food arrivò davanti alla cucina e notò che il tipo del video, del quale nel frattempo la polizia aveva ricostruito l'identikit in posizione naturale, era uguale a quel cliente solitario. Frank, passati pochi minuti gridò:

«Ma quanto ci vuole per preparare un Hamburger?»

Si girò verso il cameriere e notò sullo schermo alle sue spalle, l'identikit con la scritta "Nemico pubblico n.° 9". In un riquadro più piccolo un poliziotto, il tenente Murray, che parlava di lui. Sgranò gli occhi e dopo qualche attimo in cui rimase pietrificato, tirò fuori cento dollari dalle tasche e li lasciò sul tavolo. Si diresse verso l'uscita dicendo:

«Lo mangio un altro giorno l'hamburger è lo stesso! Tenete pure il resto!»

Frank iniziò a camminare per strada tenendo la testa abbassata. Camminava con passo svelto, ma cercava di non correre. Avrebbe attirato l'attenzione. Una vocina dentro la sua testa gli stava dicendo: «corri, corri veloce, scappa» e un'altra gli faceva eco «si ma dove?»

Poi l'aria si riempì del suono delle sirene delle auto della polizia. Dapprima si mischiò con gli altri rumori di una domenica sera affollata di gente, poi si fece più distinto, più forte. Segno che si stavano avvicinando. Allora Frank iniziò a dar retta alla prima vocina e a correre in modo frenetico. Durante l'istintiva corsa ebbe un'idea. Prese il telefonino e richiamò Antonio «il cliente da lei chiamato non è disponibile. Richiami più tardi»

«Ecco» pensò Frank «ti pareva, quando uno ha bisogno di un amico, non lo trovi mai. E ora chi chiamo? Cacchio non posso nemmeno chiamare il mio avvocato...è sempre lui...Maria! Invece di chiamarla corro subito in villa. Lei e Al sapranno sicuramente cosa fare, c'è sempre qualche poliziotto da corrompere in queste situazioni o qualche nave già pronta al porto per me» pensò Frank cercando un po' di rassicurazione nelle proprie fantasie. In pochissimi minuti arrivò all'incrocio tra Aborn Street con la Franklin. Da lì vide che davanti al cancello di Villa Concetta c'erano quattro volanti della polizia che pattugliavano l'ingresso e la piccola strada. Decise di provare dal retro. Non aveva piani B non poteva averne. L'unica possibilità che aveva era raggiungere gli altri in un modo o in un altro.

La villa aveva due ingressi secondari. Uno ufficiale ben in vista e che quindi sarebbe stato sicuramente sorvegliato. Ma non era un problema. Quella porta, infatti, serviva soprattutto a nascondere il vero accesso secondario.

Proseguì sulla Franklin, sicuramente essendo una strada più grande e più trafficata avrebbe dato meno nell'occhio. Arrivò alla porta, bussò forte con pugni decisi e rapidissimi. Non aprì nessuno. Allora decise di passare dal retro. Fece un salto che solo la forza della disperazione riuscì a fargli fare e salì sul muretto perimetrale della villa. Saltò dentro la proprietà atterrando su un cespuglio.

Davanti a lui, in alto, la finestra della cucina. Una piccola rincorsa partendo dal cespuglio e poi con un salto ancora più disperato, riuscì ad aggrapparsi al davanzale inferiore della finestra. Mentre prendeva la forza per tirarsi su, sentì chiaramente la voce di Maria provenire dalla cucina.

«Fuoco amico?»

«Certo!» quella era la voce di Al «Funziona anche in guerra! E' un ottimo modo per sbarazzarsi di Frank. Tu devi solo convincerlo che questa rapina serve per trovare i soldi per sistemarvi per la vita. Per abbandonare questo mondo, questa famiglia, e ritirarvi tranquillamente vivendo felici sei mesi a Long Island e sei mesi nel Chianti.»

«Ok, poi il giorno del colpo gli dico che per la sua "tranquillità" dovrà far finta di essere un cliente della banca.»

«Esatto…a quel punto entrano i ragazzi, uno vestito da poliziotto che dirà fermi tutti giù le armi, poi si emozionerà un po' e gli partirà un colpo che prenderà Frank preciso preciso in mezzo agli occhi. Che vuoi, succede! Tutti i giorni muoiono decine di persone così. E la polizia la archivierà come morte accidentale. Liberati in modo impeccabile dell'unico erede di Don Jack, la sua fortuna diventa la nostra!»

A quel punto Frank avrebbe tanto voluto avere un piano B. Cercò di scendere dal cornicione senza far rumore ma cadde rovinosamente in mezzo ai cespugli.

«Che cosa è stato?» chiese Maria

«Sarà stato un gatto. Andiamo, questa cena fuori orario mi ha messo un altro appetito.»

«Anche a me» disse con tono provocatorio la donna.

Al la prese per mano e poi sparirono verso la loro camera. Le voci nella testa di Frank adesso, erano infinite, parlavano una dopo l'altra, spesso si sovrapponevano. In mezzo a tutte c'era anche quella di Antonio. I pensieri erano pesanti. Sembrava quasi che la pioggia che scendeva incessante potesse inzupparli e renderli così ancora più grevi. Un'altra volta, un'altra ennesima volta, Frank si stava ritrovando a vagare come un fuggiasco, senza meta. In un'altra nazione, stavolta veramente senza nessuno. Adesso sapeva che doveva scappare da tutto. Consegnarsi alla polizia? E chi avrebbe potuto spiegare? E se veramente ci fosse stato un poliziotto corrotto d'accordo con Al per farlo fuori? Andare alla famiglia e farsi uccidere direttamente da loro? Queste erano le reali possibilità. Ed era solo. La sua mente adesso gli suggeriva di evitare le strade affollate. Camminò per quartieri deserti, sopra i terrapieni lungo l'autostrada. Al riparo dalle macchine e dai pedoni. Sempre sotto la pioggia. Non riusciva a pensare a niente. Si sentiva come un condannato a morte che aspetta solo di sapere come e quando avverrà la sentenza.

Fiaccato da tutti i suoi timori e da tutti i suoi pensieri, decise di trovare rifugio sotto un ponte autostradale. Il terreno era zuppo. Si appollaiò sulla base di cemento di un pilone. Si tolse la giacca per strizzarla. Mise una mano nella tasca interna e trovò un bigliettino. Quello dove c'era il numero di telefono di Grace, la cameriera. Se lui era un condannato a morte, quella telefonata sarebbe stata l'unica possibilità di chiedere la grazia. Estrasse il telefono ma lo schermo era nero. Doveva essere scarico o forse nella caduta si era rotto. Non era proprio la sua giornata fortunata. Riprese il cammino e poco più avanti, vicino ai bagni, vide un telefono pubblico. Stranamente, visto la situazione, era funzionante. Frank si teneva la giacca sopra la testa per ripararsi dalla pioggia come se l'acqua che colava dalla giacca non lo bagnasse. Senza pensare neanche a cosa dirle, compose il numero. Grace rispose dopo il primo squillo:

«Pronto? Ciao sono Frank! L'italiano, quello del passaggio in auto sai?»

« Finalmente mi hai chiamato! Devo parlarti!»

«A si? Pensavo di essere io a doverti parlare. Ho un problema enorme.»

«Vieni qui al ristorante ok?»

«Ok perfetto ti raggiungo subito!»

Frank riagganciò il telefono. Per un attimo sorrise e sospirò come se quella telefonata avesse risolto tutti i suoi problemi. Poi si rese conto che non sapeva neppure dove si trovasse «...se riesco a capire dove sono, ti raggiungo subito altrimenti ci vorrà un po' di tempo.»

Riprese il telefono, richiamò Grace

«Mi sono perso!»

Grace si fece dare il numero telefonico della cabina e poi, rintracciata, andò a prenderlo. Durante il viaggio verso il ristorante i due non dissero niente. Frank si mise sul sedile posteriore, sdraiato, come quando si erano conosciuti. Grace non fece domande, lo controllava solamente dallo specchietto per vedere se tutto fosse apposto.

C'era qualcosa in quell'uomo che lo attirava, lo incuriosiva. Di certo per chiedere aiuto a una quasi sconosciuta doveva essere messo molto male.

Lei si fidava del proprio istinto. Sentiva di non essere in pericolo.

Lui su quei sedili si rilassò. Gli sembrava, per la prima volta quella notte, di essere al sicuro.

12

UN'ALTRA FAMIGLIA

Il cartello sulla porta del ristorante era girato su "closed". All'interno le sedie erano sopra i rispettivi tavoli. La sala sgombra da carrelli, tovaglie e posate. Al centro c'era lo spazzolone per lavare il pavimento appoggiato alla gamba di una sedia. Le luci, solitamente soffuse erano spente. L'unica illuminazione veniva dalle lampade di servizio e dal bagno. Fuori dal ristorante, appoggiato alla vetrina, il tenente Murray, stava osservando la scena senza essere visto. Qualcuno gli aveva fatto una soffiata. Il rumore di un asciugamani elettrico si sentiva forte in quel silenzio. Frank stava finendo di asciugare un po' alla meglio i suoi abiti. Grace uscì dalla cucina con una tovaglia pulita e ben piegata tra le mani.

«L'asciugamano non l'ho trovato. Ho trovato questa, del resto siamo un ristorante, te la metto qui ok?»

«Grazie mille, arrivo subito.»

«Come mai hai deciso di chiamarmi?»

Frank uscì dal bagno. Quando fu nella sala, il poliziotto da fuori lo riconobbe e decise di fermare una volante che stava pattugliando il quartiere.

«Perché sono solo.» rispose Frank

«Mi sono reso conto che non ho nessuno, anzi che l'unica persona di cui posso fidarmi, spero, sei tu. Io sono venuto qua perché mi avevano detto che mio zio mi aveva lasciato una società di produzioni cinematografiche e invece mi sono ritrovato in un casino che non immagini nemmeno.»

«Aspetta, come si chiamava tuo zio?»

«Jabroni, Jack Jabroni.»

«O mio Dio! Il boss della malavita più importante di tutto lo Stato?»

«Si ma mica è colpa mia, e la famiglia ha fatto di tutto per farmi diventare il nuovo boss.»

Grace dopo una breve riflessione disse:

«Adesso ho capito! Tu sei in pericolo! La tua compagna l'altra sera al telefono diceva che ci avrebbe pensato lei a te e che oramai sei fottuto!»

«A si? Ti manca l'ultimo aggiornamento. Stasera ho scoperto che mi vogliono proprio eliminare!»

Dalla cucina fecero irruzione Il tenente con i due agenti

«Fermo! Non ti muovere!» gridò il tenente Murray puntando la pistola verso Frank.

«Ammanettatelo ragazzi!»

Gli agenti si gettarono su Frank che cadde portando con sé anche un paio di sedie. Quando fu a terra, i due gli furono sopra e lo ammanettarono. Lo tenevano bloccato puntandogli il ginocchio sulla schiena e tenendogli con una mano la faccia schiacciata al pavimento.

«Mhms fh ml l bcc csì!» farfugliò Frank

«Che sta cercando di dire?» chiese il tenente e fece cenno ai ragazzi di tirargli un po' su la faccia per farlo parlare

«Mi fa male la bocca così!»

«Piantala bastardo! Con tutti i delitti che avrai commesso per diventare il nuovo boss è il minimo che possiamo farti!»

E con la testa fece cenno agli agenti di tenergli nuovamente la faccia a terra. «Kevin!» esclamò Grace

«Ehi sorellina grazie! La comunità ti sarà debitrice per averla liberata da questa feccia!»

Grace e Kevin Murray erano fratelli. La domanda di grazia di Frank si stava trasformando nella sua condanna definitiva.

La storia dei Murray era molto diversa da quella di Jack Jabroni.

Gli irlandesi erano presenti in America fin dall'inizio del diciottesimo secolo. Gli avi di Grace e Kevin erano tra coloro che avevano fondato la colonia della Pennsylvania. Grandi lavoratori si erano dedicati alla lavorazione della terra. Il nonno aveva a Philadelphia delle grandi proprietà agricole per la raccolta del fieno e dell'orzo. Kevin non poteva ricordarlo perché era troppo piccolo ma suo nonno, lo portava spesso sul trattore con lui.

La malavita non era solo italiana. C'era la mafia ma l'Irish Mob era altrettanto potente e radicata. I suoi appartenenti rivendicavano con orgoglio di essere l'organizzazione criminale più vecchia operante negli

Stati Uniti d'America. Si era originata dalle gang irlandesi ed era presente fin dagli inizi del diciannovesimo secolo nelle più importanti città statunitensi. Philadelfia appunto, Boston, New York, Providence, Kansas City. Ogni banda aveva il suo territorio. A differenza dei colleghi siciliani, trovavano sempre un accordo per un'equa e pacifica spartizione.

Ci fu solo una grande guerra tra due organizzazioni dominanti nel Massachusetts.

Una delle due fu completamente sradicata, i suoi leader ammazzati o incarcerati e questo pose fine alla faida.

In quel periodo il nonno dei Murray aveva dovuto abbandonare tutte le sue proprietà perché aveva visto qualcosa che non volle mai rivelare. Neppure in punto di morte. E così suo figlio con la sua famiglia, emigrarono a Providence. Grace e Kevin erano cresciuti qui. Forse nella scelta del ragazzo di intraprendere la carriera di poliziotto influì la storia della sua famiglia. Crebbe in lui un grande desiderio di giustizia. Tutte le volte che acciuffava un criminale o sgominava una banda, in cuor suo, sperava di riscattare anche suo nonno.

«Srllna?» chiese sbalordito Frank

«Tranquillo Frank! Si Kevin è mio fratello, l'ho chiamato io dopo la tua telefonata.»

«Che crna grz! L'ho dett ch sei l'nca prsna d cui m pss fdare!»

«Io pensavo potessi aver bisogno di lui!»

«Non mporta nn m srve nlla grz cm vdi mi sn mss già abbstnz nll mrda d solo!»

Grace prese sotto braccio suo fratello e gli disse:

«Kevin non è come sembra Frank mi ha spiegato tutto è solo vittima degli eventi. I membri del clan Jabroni l'hanno fatto venire qua per occupare il posto dello zio ma solo per poterlo eliminare.»

«E tu credi a questo bastardo?»

«Ma non lo vedi che è un povero disgraziato? Ti sembra la faccia di un boss mafioso? Senza scorta, senza armi? Sarebbe un cretino non pensi?»

Frank farfugliò nuovamente

«Frtllini fat pur come s nn c fssi!»

«Mettetelo a sedere» ordinò il tenente. Uno dei due agenti teneva Frank in piedi, l'altro prese una delle sedie che era caduta, la sistemò in mezzo a loro e poi ci misero Frank seduto sopra con forza.

« Mhmm» si lamentò Frank.

Kevin lo fissò per qualche istante, poi lo squadrò dall'alto in basso. Era la prima volta che finalmente aveva davanti a se, in manette, il risultato del suo lungo ed estenuante lavoro. Cercò di captare qualche cosa che gli facesse credere alle parole di sua sorella, un particolare, una sensazione. Prese l'altra sedia che era a terra la mise di fronte a Frank, si sedette e poi disse:

«Allora facciamo così, mr. Jabroni tu mi devi dimostrare che mia sorella ha ragione e che sei veramente un povero deficiente messo qui a fare il fantoccio ok?»

«Dire semplicemente una persona per bene no?» chiese Frank

«Ma se non mi convinci, ti faccio rimpiangere di essere venuto in America a portare avanti la "tradizione di famiglia" sono stato chiaro?»

«Chiaro!» rispose senza esitare Frank.

«Adesso chiama chi sai e invitali qui domani per pranzo.»

Il tenente Murray estrasse un telefonino dalla tasca. Gli agenti perquisirono Frank, poi lo liberarono dalle manette. Lui prese il telefono e chiamò subito Maria.

Al sobbalzò sul letto al suono del cellulare. Poi svegliò Maria e le consegnò il telefono.

«Pronto?» rispose con voce assonnata «Ciao amore, sono Frank!»

Al stava con l'orecchio appoggiato al telefono assieme a Maria quindi poteva ascoltare tutto

«Domani possiamo pranzare tutti assieme? Sai devo spiegarti una cosa. Ho già prenotato il solito ristorante dell'altro giorno.»

Maria dette una rapida occhiata ad Al che annuì

«Certo piccolo mio» rispose allora la donna «a domani.»

«Ha accettato» disse Frank rivolto al tenente e a Grace dopo aver chiuso la chiamata.

«Grace, preparaci un caffè, dobbiamo parlare. Ragazzi, voi mettetevi qui fuori in auto e state di guardia alla porta ok?»

Gli agenti uscirono.

Grace andò in cucina e Kevin iniziò a spiegare il suo piano a Frank. Gli spiegò cosa avrebbe dovuto dire e cosa lui avrebbe voluto ascoltare da Al e dagli altri elementi della famiglia. Quel summit tra pecora e lupo durò più di un'ora. In quel tempo il tenente iniziò in cuor suo a credere possibile anche la versione della sorella. A lui in fondo cambiava poco. Doveva e voleva solo sgominare quella famiglia. Per sempre. Se Frank poi fosse un mezzo o parte della soluzione a lui, non importava per niente. In quella vittoria doveva esserci il suo riscatto e quello della sua gente, gli irlandesi. La possibilità di diventare un mito agli occhi della sorellina.

Mettere a tacere quelle voci, poche ma presenti, di stampa e opinione pubblica che pensavano che il distretto fosse colluso e che molti colleghi di Kevin fossero sul libro paga della famiglia Jabroni. Lui era pulito. Tre anni prima un'indagine su alcuni suoi lontani parenti ancora presenti a Boston lo aveva sfiorato. Ne era uscito a testa alta. Adesso più che mai sentiva forte il peso di tutte queste responsabilità.

Non voleva sbagliare e cercò in quella riunione di lasciare a zero qualsiasi margine d'errore.

Fuori smise di piovere. Finalmente.

13

ITALIA IRLANDA

Come accade d'estate dopo certi temporali notturni, la mattina dopo il cielo era totalmente azzurro. Non c'erano nuvole, del resto si erano sfogate per bene la sera prima. Sulla curva del fiume lungo il Memorial Boulevard, davanti al One Citizens Plaza, Maria era seduta sulla panchina. Verso il tramonto quel luogo era pieno di coppiette che aspettavano di vedere calare il sole nel punto esatto dove il fiume sfocia nel porto. Il tenente Murray lo sapeva bene e non a caso aveva indicato quel posto come punto d'incontro per i due. Questo Maria non poteva saperlo. Dietro a quella panchina c'erano alcuni gradini che permettevano di scendere proprio al livello del fiume.

«Maria!» La chiamò una voce. Lei si voltò ma non vide nessuno «Frank?» chiese

«Si sono io, sono qui sotto, vieni.»

Maria si affacciò dietro il muretto e lo vide. Lo raggiunse subito gettandogli le braccia al collo.

«Ciao Frank!»

«Ciao piccola!» i due si baciarono «Ma dove siete finiti? Stamani Al era in pensiero. Sonny e Vinnie sono venuti a chiamarvi ma non hanno trovato nessuno in camera.»

«Stamani? A si certo! Sai è morta la ragazza di Antonio.»

«O mio Dio, poverina mi dispiace.»

«Si anche a me, ma comunque non era proprio una ragazza era anziana, parecchio anziana, vecchia via! Sai a lui piacciono così e allora l'ho dovuto accompagnare alla stazione degli autobus perché doveva andare all'ospizio per il riconoscimento della salma.»

«Ma non potevamo farlo accompagnare dall'autista scusa?»

«E' quello che gli ho detto anch'io ma sai in questi momenti un uomo vuole restare da solo con il proprio dolore.»

«Povero Antonio, mi dispiace.»

«Anche a me, ma del resto gli piacciono vecchie e quindi è un rischio che sa di correre.»

Maria guardò l'orologio poi disse: «Al e i ragazzi ci aspettano al ristorante.»

«Andiamo. L'ho fatto riservare tutto per noi. Però, prima di andare, voglio darti questo.»

Frank la baciò di nuovo. Maria sconvolta sospirò poi disse:

«Mhm, spero sia solo l'aperitivo, andiamo.»

Nel ristorante Al era già seduto, vestito come sempre di tutto punto e stava leggendo il menu. Al tavolo subito dietro di lui, Sonny e Vinnie assieme a Joe stavano spilluzzicando o meglio svuotando, il cestino del pane. Nel tavolo invece più vicino alla porta, un grande tavolo tondo, c'erano quattro scagnozzi che non perdevano d'occhio la strada nemmeno per un istante. Al li aveva fatti sedere li. Qualsiasi cosa sospetta o insolita avessero notato, avrebbero dovuto avvertire Vinnie che poi lo avrebbe dovuto subito riferire a lui. Questa era la gerarchia. Ognuno aveva un compito. Anche nei pranzi di festa, comunioni, matrimoni, battesimi. Ognuno era lì per una ragione ben precisa. Però passando davanti a quel ristorante e buttando un occhio all'interno si sarebbe visto solo un gruppo di eleganti signori in attesa di essere serviti.

«Eccoli!» disse uno dei quattro picciotti.

La porta si aprì Frank e Maria entrarono mano per la mano. Grace, dalla cucina, buttò uno sguardo verso l'entrata. Era tesa e lo nascondeva a mala pena. Al si alzò in piedi con le braccia spalancate e disse:

«Finalmente, Frank! Antonio?»

«E' una storia lunga» disse Maria

«Più che lunga è vecchia» puntualizzò Frank.

«Che bello, mano per la mano, tuo zio…»

«…Sarebbe veramente orgoglioso di te!» dissero in coro Vinnie e Sonny.

Al si avvicinò e dette uno schiaffo sulla nuca di Sonny.

«Beh?» esclamò.

Fece cenno a Frank di accomodarsi alla sua destra e disse:

«Dunque Frank accomodati che voglio spiegarti il nuovo "piano di produzione"» Frank guardò Maria poi sorrise

«Siamo pronti per un "nuovo film?"»

«Esatto» rispose lei «Un nuovo film!»

«Pero' ragazzi adesso basta. Non mi piace essere considerato un cretino o iniziamo a parlare in modo giusto oppure io me ne vado. Non mi va più di perdere tempo appresso a queste mezze frasi. Un'altra cosa Maria: quando gli uomini parlano di lavoro, parlano gli uomini.»

Lei rimase pietrificata

«E bravo Frank!» disse Al dandogli una sonora pacca sulla spalla.

«Vedo che ci capiamo alla perfezione. Ora sì che ti riconosco. Sei un vero Jabroni! Di nome e di fatto!»

«E certo, ce l'ho nel sangue, no? Allora forza di cosa si tratta?»

«Di una rapina e di cosa vuoi che si tratti?» disse Vinnie che era seduto al suo tavolo dietro a Frank.

«E chi sono i fortunati stavolta?»

Al avvicinò la sedia al tavolo come per parlare in modo più confidenziale. Frank fece lo stesso.

«Dopo domani arriva in città un TIR direttamente dalla zecca di stato e porta al banco centrale un sacco di dollari nuovi nuovi.»

«Io e Sonny» prese la parola Vinnie «come sempre ci mettiamo li con le telecamere, microfoni, sedie etc... e i ragazzi entrano in azione.»

«E che armi avete preparato?» chiese Frank

«Le migliori» rispose Al.

A quel punto Frank dopo un breve silenzio batté forte il pugno sul tavolo e disse: «Le migliori un cazzo! L'ultima volta se non fosse stato per la mia prontezza di riflessi, mi avrebbero arrestato!!! E poi vorrei sapere chi è quell'imbecille che ha lasciato li la cinepresa e per giunta in registrazione! Eh? Con chi me la devo rifare? Chi mi ha voluto incastrare?»

Vinnie puntò il dito verso di lui e disse: «sei stato te capo»

«Come?» chiese Frank

«Si...» proseguì Sonny «... sei stato te a premere "REC" sulla cinepresa, ricordi?»

Frank dopo un attimo d'imbarazzo totale disse: «Bravi!Bravi picciotti vedo che non vi è sfuggito niente! Insomma spiegati meglio Al.»

«Allora il furgone arriva alle 9.30. Maria sarà lì fuori a distrarre la guardia esterna. Tu entri in banca qualche minuto prima...»

«Meglio dopo no? Così la guardia non potrà riconoscermi no?»

Al gli prese la mano come per rassicurarlo e poi concluse: «Ti posso garantire che cambierà veramente poco. Tu fingerai di essere un cliente così nessuno potrà riconoscerti. Noi entriamo dentro dopo di te, intimiamo le "mani in alto" e prendiamo il bottino. Dopo ti prendiamo in ostaggio e ti portiamo fuori. Alle 10.30 sarà tutto finito.»

«E quando dice tutto, vuol dire proprio tutto!» concluse anche Sonny.

Frank deglutì, serrò per un istante la mandibola e poi chiese: «Pericoli?»

«Nessuno caro» rispose Maria accarezzandogli la mano «che pericoli vuoi che ci siano? Al ha calcolato tutto al millesimo di secondo. Il camion arriva, scarica, io a quel punto mi presento alla guardia esterna e appena il camion e gli agenti ripartono, tu e i ragazzi entrate dalla porta principale e prendete tutto il malloppo prima ancora che sia registrato.»

«Pero' mi raccomando, l'arma di quello che mi porta via come ostaggio: controllate che sia scarica! Eh eh eh»

Al lanciò una rapida occhiata verso Maria poi disse: «Stai tranquillo, ci mancherebbe che ti facciamo morire per via del fuoco amico. Ah ah ah!»

Tutti iniziarono a ridere fragorosamente. Frank stette al gioco. Uno scagnozzo fece cenno in cucina di mandare la cameriera. Erano pronti per ordinare. Grace cercò di evitare lo sguardo di Frank. Aveva una paura tremenda di essere notata e non voleva rischiare di mandare tutto in rovina e di mettere così definitivamente a repentaglio anche la vita di quel dolce e ingenuo uomo.

Guardò invece sotto il bancone. Suo fratello Kevin era lì accovacciato. Aveva ascoltato e registrato tutto per filo e per segno. Il pranzo fu una vera delizia. Mangiarono a sazietà. Vassoi di antipasti di mare, lasagne, bistecche di manzo in pratica crude, fiumi di vino e dolci tipici del sud d'Italia. Sembrava una festa di fidanzamento. Un banchetto dell'antica Roma. Vedendoli mangiare, quelli che prima potevano sembrare eleganti e distinti signori, tradivano tutta la loro ignoranza e volgarità. Tutti con il tovagliolo ben assicurato al colletto della camicia. E le unghia lucide da quanto erano unte.

Grace ebbe dei grandi problemi a servire quel giorno. Aveva un viso troppo angelico. Fortunatamente presi dai fumi dell'alcol, nessuno ebbe modo o tempo di notare il suo mal celato nervosismo. Frank ogni tanto la osservava. Sperava di catturare un suo sguardo e di rassicurarla con il suo. Lei sfuggiva ogni minima possibilità.

Il tutto terminò alle quattro del pomeriggio. Non era una colazione d'affari ma un vero pranzo del sud. Mancavano i carretti siciliani e qualche menestrello con mandolino e tamburello per rendere tutto ancor più inconfondibile.

Gli scagnozzi si misero fuori a fumare una sigaretta, dopo il caffè. I primi a uscire dal ristorante furono Sonny e Vinnie che portarono con loro Frank e Maria. Li seguirono Al, che lasciò un cospicuo assegno alla cassa con Joe, il suo autista. Finì la sigaretta e i quattro scagnozzi salirono sulla loro auto di scorta ad Al.

Grace, raggiunse rapidamente la porta del ristorante e la chiuse da dentro. Emise un enorme sospiro come di liberazione. Il tenente Murray intanto in cucina aveva preso la radio di servizio e stava comunicando con il comando: «Sono il tenente Kevin. Mandatemi quattordici agenti e portate abiti civili. I più diversi tra loro, tute da lavoratori, abiti eleganti, etc… dobbiamo preparare una recita con i fiocchi!»

Grace lo raggiunse «Che ti avevo detto?»

«Penso che tu abbia ragione ma non sono ancora convinto.»

«Che vuoi fare?»

«Beh è semplice. Cambio tutti gli impiegati e i clienti con agenti in borghese e poi entriamo in azione.»

«E per salvare Frank?» chiese con tono preoccupato Grace «Se si salva bene, altrimenti vorrà dire che si è immolato per una giusta causa» rispose freddo e distaccato Kevin.

«Ma cosa stai dicendo Kevin! Lui è innocente non devi farlo morire!»

Il tenente Murray così ebbe la conferma di quello che stava sospettando «Che c'è ti piace?» chiese con tono fraterno.

«E' un uomo dolcissimo» sembrò giustificarsi lei «fai in modo che non gli accada niente.»

«Ok sorellina non posso prometterlo pero'...»
«Promettimelo invece!»
«Ok te lo prometto.»
«Grazie Kevin!»

Il risultato parziale segnava 1 a 0 per l'Irlanda. La partita era appena cominciata e certi incontri, spesso, proseguono fino ai tempi supplementari e a volte fino ai rigori che possono essere infiniti.

14

CHIARIMENTI

All'interno di Villa Concetta c'è un gran fermento. Era dal giorno della morte di don Jack che il piazzale non era così pieno d'auto. Dietro la casa, vicino al muro perimetrale, al riparo da occhi indiscreti, c'era l'autorimessa degli attrezzi per il giardinaggio, macchine agricole, attrezzi per la pulizia della piscina, armi, munizioni e giubbotti antiproiettili. I ragazzi erano tutti li, anche i rinforzi, che preparavano come ogni volta, tutti i loro strumenti di lavoro. Mike era addetto alla lubrificazione. Paul preparava i caricatori di riserva uno a uno e gli altri riempivano le borse e caricavano auto e furgone. Sonny e Vinnie non avevano nessun ruolo in questa fase. Se ne stavano in casa, nel salone, intenti a programmare un nuovo televisore settanta pollici arrivato da un negozio di elettrodomestici, non il solito. Frank se ne stava in camera sul letto provando per l'ennesima volta a chiamare Antonio. Era un momento difficile della sua vita e sentiva forte il bisogno di chiarire per non lasciare, se le cose fossero andate male, cattivi ricordi di lui. Il telefono era acceso, squillava. Antonio era all'aeroporto in fila per il check-in pronto a partire per tornare a casa. Visto il nome di Frank sul suo display rispose e con tono distaccato disse: «Se mi chiami per invitarmi al tuo matrimonio ti dico già che non posso perché molto presto sarò mooolto lontano da te e dalla tua bellissima signora e comunque non ti faccio nemmeno i miei auguri perché non me ne frega niente!»

«No, veramente ti stavo chiamando solo perché domani avrò una giornataccia e avevo voglia di sentire un amico anzi, il mio migliore amico!»

«Ho capito!» sghignazzò Antonio «Ah ah ah! Ti ha lasciato perché sei uno sfigato e ora ti sei accorto che l'amicizia è più importante di una mezza prostituta di alto bordo?»

«No, non mi ha mollato!»

«Ah! Ho capito! Lei ti ha rivelato che andava a letto con tuo zio e ora ti fai degli scrupoli?»

«Antonio?»

«Dimmi.»

«Ma vai a fare in culo!»

Antonio rimase di stucco con il telefono in mano. Non riusciva a capire a cosa fosse servita quella telefonata. Il messaggio era chiaro, inequivocabile ma qualcosa nella voce del suo ex migliore amico, non lo convinceva.

Aveva percepito una certa preoccupazione, un disagio.

«Chi era?» chiese Betty addobbata a festa che nel frattempo lo aveva raggiunto «Avevano sbagliato, forse.» rispose Antonio.

Frank fece un giro nella villa, passò davanti alla porta di Maria e la sentì chiaramente ansimare. Sicuramente era con Al. Fece finta di niente e proseguì la sua perlustrazione. Scese le scale si affacciò nel salone e vide Sonny e Vinnie che, anche se con il televisore nuovo, bisticciavano come sempre per il predominio del telecomando. Sorrise. Loro non lo notarono neppure. Andò fuori.

Attraversò il giardino. Fuori alcuni picciotti parlavano tra loro in dialetto stretto. Discutevano di tecniche di persuasione da utilizzare durante la richiesta del pizzo. Frank gli passò vicino ma loro non lo degnarono neppure di uno sguardo. Poi girando attorno alla casa notò il furgone "Cappuccino Production" e si avvicinò. Tutto era cominciato da lì. Pensandoci bene era veramente un nome ridicolo per una grande società hollywoodiana. Il portellone posteriore era aperto.

Andò verso l'autorimessa. Si fermò lì davanti con le mani dietro la schiena come fanno i vecchietti quando si mettono a osservare i lavori stradali. Vide la catena di montaggio a pieno regime. I ragazzi che ultimavano di pulire le armi e gli altri che portavano le ultime borse al furgone. Accennò un saluto con la testa ma anche in questo caso nessuno lo guardò.

Riprese la sua camminata. Arrivò fino alla piscina e si sedette su una sedia da giardino. Gli uomini della ditta di manutenzione l'avevano svuotata e stavano lavorando per ripulirla.

«Salve!» gli disse uno di loro.

Ci pensò un attimo e capì. Ebbe la consapevolezza che per i suoi era diventato invisibile. Frank Jabroni, ormai, per i membri del clan era già morto e sepolto. Lui era davanti a loro ma nessuno lo vedeva. Per la famiglia era tornato a essere Franco Giabroni e quindi una persona di nessuna importanza. Gli operai della piscina avevano visto Franco.

Il suo alter ego, quello che in un primo momento aveva dovuto subire e poi accettato, lo aveva già abbandonato. Era un vecchio copione. Come quella volta che quel produttore della provincia di Roma gli commissionò il suo primo lungo metraggio. Il soggetto era terrificante, la sceneggiatura puerile. Ma lo pagava. Aveva stanziato diverse migliaia di euro per quel lavoro. Franco si tappò il naso e accettò.

L'unica cosa positiva di quel lavoro era la protagonista. Una giovane ragazza francese uscita fresca fresca dall'accademia di recitazione. Era alle prime armi, certo, ma non era niente male.

Poi era bella, veramente bella. Terminato, il film fu un successo.

Tutti gli addetti a lavori dissero che era un inaspettato capolavoro, che avrebbe vinto qualsiasi concorso. Alla fine anche Franco si convinse di aver fatto un buon lavoro. Lui e l'attrice erano stati eccezionali. Avevano reso una storia banale e povera di contenuti, in un'opera sofisticata, ricercata. Durante la festa di fine produzione, Franco e la ragazza finirono a letto insieme. Peccato che lei fosse l'amante del produttore. Da lì a pochi giorni il loro rapporto clandestino era sulla bocca di tutti. Dalla bocca arrivò all'orecchio dell'uomo. La gelosia fece il resto. Il produttore chiuse quel film in un cassetto senza mai distribuirlo. Fece anche terra bruciata attorno a

Franco. Per questo si era ritrovato a girare spot pubblicitari di poco conto. Chiaramente dopo un breve periodo di solidarietà anche la giovane attrice prese la sua strada.

Era sempre così nella vita di Franco. Attimi, infinitamente piccoli di gioia, contornati da lunghe epoche di merda.

15

PIANO AMERICANO

Quella mattina c'era meno traffico del solito nei dintorni di Banton square. Nella notte si era rotto un tubo dell'acqua e l'intera conduttura era stata messa sotto sopra alla ricerca della falla. Si potevano contare sei cantieri con i rispettivi divieti di transito e di sosta in quei paraggi. Gli operai lavoravano alacremente per risolvere il disagio alla cittadinanza. L'unica cosa singolare e che nessun rappresentante del Municipio fosse lì a verificare che tutto proseguisse rapidamente. Strano. In certe situazioni il sindaco mandava sempre qualcuno per rassicurare i suoi elettori, specialmente in piena campagna elettorale. Questo forse era l'unico neo al quale il tenente Kevin Murray non aveva pensato. Del resto nessuno ci avrebbe fatto caso. Il resto era perfetto. I finti cantieri, i finti operai, il coordinamento che questi avevano tra loro nell'eseguire le operazioni di scavo e di ricerca del guasto. Mai vista tanta efficienza. Anche questo forse stonava un po'. Forse il segreto per risolvere i problemi urbanistici delle città stava nell'affidare la direzione dei lavori a un tenente di polizia.

Il piano era semplice. Lasciare una sola strada che conducesse i delinquenti alla banca.

Gli scavi nella sede stradale erano tali che non avrebbero nemmeno potuto provare a passare da altre parti.

Oltre ai tecnici e agli operai della società dell'acquedotto, sui tetti dei palazzi che si affacciavano sulla piazza, erano appostati quindici tiratori scelti. Invisibili come richiede il loro ruolo.

L'enorme edificio della sede centrale della Banca Federale era il loro sorvegliato speciale. Era situato proprio al n.°1 di Banton square. I camion provenienti dalla zecca, per arrivare, dovevano attraversare tutta la piazza e fermarsi sull'unico ingresso laterale presente. L'architetto che aveva progettato questo luogo era famoso per la costruzione di palazzi sicuri dove, secondo la sua idea, meno ingressi voleva dire meno possibilità di furti e di fughe.

Il tir, bianco e grigio della zecca, era arrivato puntuale alle sette come da programma. Il tenente Murray e la sua squadra osservavano la scena dal loro furgone camuffato da camioncino della centrale elettrica. Forse c'erano altri guasti in circolazione.

L'autista del tir, la scorta armata e gli agenti d'appoggio, uscirono dall'istituto, montarono sulle loro vetture e partirono alla volta della base. Il loro viaggio era concluso. Rientravano e senza nessun danno subito.

Il caveau era stato riempito da monetine sonanti e banconote fruscianti.

Il vice di Murray non distoglieva un attimo lo sguardo dal monitor davanti a se.

«Ci siamo, state pronti!» esclamò improvvisamente indicando il suo schermo. Kevin verificò.

Quella era l'auto con cui Frank aveva detto che sarebbe arrivato. Prese la radio e comunicò a tutti i suoi agenti, compresi quelli travestiti da clienti all'interno della banca.

«Ok, ragazzi da questo momento in poi siete tutti operativi.»

Frank scese dall'auto, dette una rapida occhiata ma non notò niente. Dopo poco altri membri della banda arrivarono nello stesso luogo. Frank e Al, quest'ultimo vestito da poliziotto, assieme ad altri due picciotti ,si incamminarono verso l'ingresso della banca. Maria li seguiva qualche passo indietro. Arrivati a metà strada, Frank si voltò. Maria si soffermò qualche istante e lo baciò appassionatamente.

La donna, bella come non mai, proseguì e davanti all'ingresso iniziò a distrarre la guardia esterna facendo domande e comportandosi come una vera ammaliatrice.

Vinnie intanto arrivò spingendo Sonny su una sedia a rotelle. Chiaramente, non potendo passare da un ingresso normale, si rivolsero alla guardia per farsi aprire la porta d'emergenza. Unico accesso ancora senza metal detector. Un'operazione di routine che però necessita sempre di qualche attimo di attenzione. Il poliziotto privato era troppo preso dall'avvenenza della femme fatale e aprì, senza esitare un istante.

Vinnie mise la sedia a rotelle con Sonny in coda a uno sportello. Al si avvicinò e da sotto la sedia estrasse un borsone con dentro le armi. L'appoggiò sul pavimento servendosi della sedia di Sonny come copertura e poi iniziò a distribuire le armi. Passò un mitra a Vinnie, uno lo dette a Sonny e un altro lo tenne per se. Altri due fucili e tre pistole ad altrettanti scagnozzi. Poi si avvicinò a Frank, gli consegnò un fucile e gli disse:

«Adesso tocca a te, dimostra ai ragazzi e a Maria che sei il loro Padrino!»

Frank lo fulminò con uno sguardo che era carico di rabbia e paura, poi alzò il fucile in aria e sparò un colpo.

«Fermi tutti» gridò «e nessuno si farà del male e voi...» aggiunse dirigendo il fucile verso alcuni clienti

«Tutti a terra!»

I clienti, o meglio gli agenti travestiti da clienti, urlarono e si stesero tutti a terra. Frank si avvicinò allora a un cassiere e disse:

«Prendi queste borse e cerca di riempirle con tutto il denaro che avete, chiaro?»

Sonny e Vinnie iniziarono a derubare gli uomini stesi a terra. Al si avvicinò al borsone con le armi, impugnò una pistola. Guardò verso l'uscita. Maria aspettava quello sguardo. Gli buttò un bacio. Lentamente, si diresse alle spalle di Frank.

Gli altri membri della banda osservavano attentamente. Al puntò la pistola alla schiena di Frank e disse:

«Sai Frank, da piccolo tuo zio mi ha fatto da padre, mi ha accolto nella famiglia, mi ha fatto studiare e mi ha tenuto in considerazione come se avessimo lo stesso sangue. Mi ha fatto guadagnare il rispetto e la considerazione di tutti ed io mi sono comportato di conseguenza.

Ho sempre fatto tutto quello che chiedeva e a volte non c'era neanche bisogno che parlasse, bastava uno sguardo e io eseguivo. L'ho servito come si serve un re, l'ho rispettato come si rispetta l'uomo che ti da la vita. Perché grazie a lui è come se fossi nato una seconda volta e sono diventato l'uomo che sono oggi. E poi un giorno, mentre è sul letto di morte, si ricorda di avere un nipote, onesto, bravo, lavoratore e vuole fargli cambiare strada. Ora che abbiamo rispettato le sue volontà te ne potevi andare tranquillamente a fanculo e tornare nella tua terra e invece? No, a lui viene in mente che gli piace fare il boss e che non vuole più andare via. Ed io Frank? E tutto il culo che mi sono fatto in tutti questi anni solo aspettando il giorno in cui quel bastardo di tuo zio se ne tornasse al creatore? Mi capisci vero?»

Frank abbassò la testa due volte, lentamente.

«Ed io lo sapevo che mi capivi! E siccome mi capisci, non mi porterai rancore se ti mando a stare con tuo zio, vero?»

«Al … »

«Quando è stata l'ultima volta che l'hai visto tuo zio?»

«Avrò avuto due anni.»

«Ecco! Chissà quante cose avrete da dirvi. Siccome lo vedi fatti dire anche come succhia quella puttana di Maria perché lui dovrebbe ricordarselo bene!»

Frank abbozzò una smorfia e poi diresse il suo sguardo verso l'uscita e con un filo di voce disse: «Maria…»

«Non avrai mica creduto che fosse veramente innamorata di un disgraziato come te? Visto che lo vedi fammi una cortesia. Chiedigli scusa da parte mia se ho accelerato la sua dipartita ma sai, Maria voleva tanto quella camera con la vista sulla piscina. Stanotte me la scopo proprio lì ma ti prometto che ti penseremo!»

Frank non aggiunse altro.

Si udì il fragore di uno sparo. In quelle enormi stanze fatte di pietra, l'eco fu tale da farli sembrare più colpi in rapida sequenza. Frank sgranò gli occhi. Al, dietro di lui, dopo un attimo, cadde a terra. Dalla porta laterale, alle sue spalle, apparve la sagoma del tenente Murray.

«Fermi tutti! Deponete le armi!»

A quel grido, i finti clienti che erano ancora a terra, estrassero le proprie armi. I componenti della banda erano immobili. Presi totalmente in contropiede. Vinnie fu il primo a dare l'esempio e a eseguire l'ordine di Kevin. Gli altri, uno a uno seguirono. Sonny depose l'arma sul pavimento e poi, visto che aveva la porta principale di fronte a se, decise di provare la fuga. Iniziò a correre ma a meno di due metri dalla porta fu preso per la caviglia da un poliziotto e cadde rovinosamente a terra.

«E ora chi lo dice alla mamma!» Si lamentò frignando

«Che sei un idiota?» aggiunse Vinnie che era stato bloccato non troppo lontano dall'amico

«Tranquillo, lo sa già!»

Uno a uno tutti i pezzi della banda furono ammanettati e portati fuori.

All'esterno, si era formata la solita folla di curiosi. Nel piazzale antistante alla banca c'erano alcune ambulanze e mezzi della polizia. La scena del crimine era stata transennata. I primi cronisti stavano già arrivando sul luogo.

La camionetta che avrebbe tradotto i Jabroni in carcere era parcheggiato sull'entrata laterale, la stessa da cui Kevin era prontamente intervenuto a salvare Frank.

Il tenente e Frank furono gli ultimi ad uscire dall'istituto.

«Beh..» disse Kevin «in realtà devo chiederti scusa sai?»

«Perché?»

«Be intanto perché non pensavo che tu fossi veramente innocente e poi perché ero sicuro che saresti morto di paura o che saresti scappato.»

«Insomma tenente avete un'ottima considerazione di me. Comunque anch'io non vedendovi intervenire ho avuto paura di morire anzi a dire la verità ero sicuro di morire! L'idea di scappare mi è passata quando ho sentito il freddo ghiaccio della pistola di Al sulla mia schiena. Non riuscivo più a muovere un muscolo.»

«Entrambi in modo diverso allora siamo debitori a quella persona li, che dici?»

Così dicendo indicò Grace, sua sorella, che stava camminando verso di loro.

«Ecco io adesso avrei, anzi ho un sacco di cosa da fare, devo preparare il verbale, raccogliere le prove, parlare con il procuratore, con la stampa, insomma, via…vado.»

«Tenente mi raccomando cerchi di tenere in considerazione almeno Vinnie e Sonny! In fondo sono solo due poveri diavoli.»

«Ecco!» disse Grace che aveva appena raggiunto Frank «Vedi come sei?»

«Come sono?» chiese lui

«C'è mancato poco che ti facessero la pelle e tu ti preoccupi per altri.»

«Sempre meglio essere come me che come lei»
disse Fank indicando Maria. La donna, ammanettata, tenne sempre lo sguardo basso. Gli agenti la accompagnarono nell'auto di Kevin. Al invece fu caricato in ambulanza, privo di sensi.

«E anche come lui!»

«Forse è proprio per questo che ho iniziato a volerti bene.»

«Wow! Perché ora tu mi vorresti dire che mi vuoi bene?»

«No...» aggiunse Grace «io in verità...ti amo».

Grace avvicinò timidamente le sue labbra alla bocca di Frank, lui le prese energicamente le braccia e la avvicinò a se. Fu un bacio lungo. Un lungo bacio con il quale i due scaricarono tutta la tensione.

Al termine del bacio Frank fissò ancora negli occhi per qualche istante Grace.

«Stooop!» gridò

«Ragazzi è stop!» gli fece eco una voce

«Bene ragazzi forza!» aggiunse una terza voce.

Una vera macchina da presa, su un dolly, fu allontanata da alcuni tecnici. I fari che erano intorno a Grace e a Frank furono spenti e i riflessi messi a terra. Dietro le transenne, da un camper, uscirono alcuni membri della troupe. Le auto della polizia e l'ambulanza si fermarono subito dietro. Al, Maria e gli altri attori, tornarono indietro. Gli altri, figuranti, comparse e membri della troupe erano vicino alla postazione del regista. Alcuni ragazzi della produzione portarono una torta, bicchieri e alcune bottiglie di spumante. Una fu consegnata a Franco che si mise sulla sua sedia accanto al suo aiuto.

Il regista si fece passare il megafono e disse:

«Signore e signori, Frank Jabroni, nemico pubblico numero 9 è finito!»

Stappò la bottiglia e partì un forte e lunghissimo applauso. Dopo un rapido brindisi, Franco si diresse verso il suo camper assieme ad Al e Kevin.

Gli attrezzisti, nel frattempo, presero a spostare i fondali e tutte le scenografie. Poco distante un'addetta della produzione, rispondeva ai giornalisti presenti.

16

LA PRIMA

C'era un cinema nell'infanzia di Franco che lo aveva sempre affascinato più degli altri. Negli ultimi trent'anni aveva resistito a tutto. Restauri di cattivo gusto, cartongesso, cambi d'uso e perfino ai multisala. Il palazzo, dopo tanto lottare, venne dichiarato patrimonio artistico per la sua unicità e questo lo salvò negli anni successivi. Era semplicemente bello. Uno di quei posti che odorano fortemente di storia.

Un sipario enorme di velluto color marrone chiaro, balaustre dorate. Sopra i candelabri bronzati c'erano delle sculture di motivi floreali in gesso. Ogni colonna laterale aveva delle cornici sempre in gesso che richiamavano il tema delle sculture. Sopra al palco, enormi, due maschere del teatro greco. Le poltrone erano comodissime. La stoffa era dello stesso colore del sipario. Franco da piccolo si sedeva in galleria. Cercava di entrare prima degli altri. Gli piaceva osservare il pubblico che entrava e sceglieva dove sedersi. Poi partiva con l'immaginazione. Provava a visualizzare nella sua mente quei volti ma con abiti antichi. Giocava a inventarsi tutta quella gente vestita da antichi romani, poi con gli sfarzosi abiti del settecento e poi abbigliati come moderni astronauti. Si spengevano le luci e iniziava un'altra visione. Quella del regista.

Quando era adolescente, portava lì le sue conquiste. I suoi amici la domenica pomeriggio andavano a ballare in discoteca. Lui era diverso. Le portava in quel cinema, pagava il biglietto e i popcorn come gli aveva detto di fare suo padre e poi quando si spengevano le luci, cercava lentamente di allungare il suo braccio attorno al collo della pischella. Solitamente prima della fine del primo tempo stavano già pomiciando. Poi le riaccompagnava a casa e lui da solo tornava di corsa al cinema per vedersi il film.

Per tutti questi motivi sentimentali, quando fu il momento di scegliere dove proiettare per la prima volta il suo film, scelse chiaramente la sala della sua memoria.

In quel modo era come se restituisse a quel luogo, parte di quanto gli aveva dato.

Fuori era stato fatto sistemare un tappeto rosso. I manifesti del film erano li, nelle vecchie bacheche tra le poche, ancora con il vetro.

Al piano di sopra la produzione fece preparare un aperitivo fatto soprattutto di cibi e vini toscani.

C'era anche un tavolo dedicato alla cucina del Rhode Island. Due ristoratori erano venuti direttamente da Providence. Era una mossa della produzione per accattivarsi gli sponsor.

L'ingresso della galleria era circondato da tavoli imbanditi da queste prelibatezze.

La gente spolverò tutto. Quando si tratta di mangiare e bere gratis va sempre così.

Franco passò la prima parte della serata a stringere mani e a farsi fotografare. Assieme a lui i suoi amici. Quei pochi con i quali si vedeva anche dopo il lavoro. L'attrice che aveva interpretato Maria e Antonio. Il resto del cast americano era fuori sul red carpet che si concedeva a interviste e fotografi. Il vecchio divo americano che aveva accettato di interpretare il ruolo di Jack Jabroni era deceduto poche settimane prima.

Quando si dice che la realtà vince sulla finzione.

Questo portò al film un'inaspettata quantità di pubblicità in più oltre oceano.

Le ultime scene girate da quel grande mito, erano quelle nel film di Franco.

Gli invitati, oltre cinquecento, furono fatti accomodare in platea.

Cinque minuti prima della proiezione erano tutti seduti, un brusio infernale.

L'addetta stampa si alzò in piedi e raggiunse il palco.

«Benvenuti a tutti!» Il brusio cessò e iniziò un fragoroso applauso.

«Siamo qui stasera per la prima di Frank Jabroni nemico pubblico numeroc 9.

Alla pronuncia del titolo seguì una seconda ovazione.

«Un film...» riprese la donna parlando sull'applauso

«...che è stato girato in sinergia tra l'America e l'Italia. In quest'opera il regista, che tra poco inviterò a salire qua accanto a me, è riuscito a fondere una tagliente comicità a un bellissimo quadro d'azione. Lavoro sicuramente non semplice. I giornalisti che l'hanno già visto non hanno esitato a dichiarare che con questo film, si è guadagnato meritatamente un posto di primo piano nel cinema che conta veramente. A nome della produzione sono lieta di chiamare qua sul palco, il regista: Franco Giabroni!»

L'applauso che seguì sembrava quasi un'ovazione da stadio.

Franco si alzò dalla sua poltrona con un gesto salutò tutti i presenti e lentamente raggiunse il palco. Fece gli scalini, uno a uno guardando quella sala completamente piena per lui, per il suo lavoro.

Arrivò accanto alla sua addetta stampa e le prese il microfono. Nello stesso momento lo raggiunsero anche gli attori principali. Quando furono tutti in fila, schierati, Franco fece un cenno verso la platea per far cessare l'applauso. Prese la parola e disse: «Sarò breve: grazie!» Sorprendendo tutti scese dal palco. Un attimo di esitazione e poi ripartì un ennesimo fragoroso applauso.

Mentre si faceva buio in sala, Franco, senza che nessuno lo notasse, percorse le scale di servizio che portavano di sopra. Quella sera si era concesso il lusso di riservarsi la galleria tutta per se.

Prese posto sulla sua poltrona preferita e iniziò la visione.

Il resto lo avete appena finito di leggere.

FINE

INDICE

INFORMAZIONE SUGLI AUTORI

Alessandro Paci nato a Scandicci il 21 Dicembre 1964 è sposato con Willow Curry, ha due figli Matteo e Sabina, è attore, regista e sceneggiatore. Il suo debutto in tutti e tre i ruoli contemporaneamente è stato con il film "Andata e Ritorno". Dall'ultima sceneggiatura ha deciso di scrivere "Frank Jabroni", il suo terzo libro che a differenza degli altri due è un vero e proprio romanzo, anche se rimane sempre il lato comico che contraddistingue Paci da sempre.

Alessio Nonfanti è nato a Firenze il 9 Gennaio del 1976. Coltiva fin da piccolo la passione per la prestigiazione creando poi il personaggio del magikomico Kagliostro. Oltre al suo "one man show" come mago comico con il quale lavora sia in Italia che sulle navi da crociera di tutto il mondo, è attore, conduttore televisivo e sceneggiatore.

www.ingramcontent.com/pod-product-compliance
Lightning Source LLC
Chambersburg PA
CBHW022022170626
46808CB00003B/1022